自分の斎宮の証だからなのか。アルドはユノの生えかけの獣の耳と尻尾にことさら執着している。熱心に舐められ弄られるから、ユノのそれらはいよいよ敏感になってしまった。　　　　　　　　　　　（本文より）

BBN B●BOY NOVELS

獣によりて獣と化す

水樹ミア
イラスト／サマミヤアカザ

CONTENTS

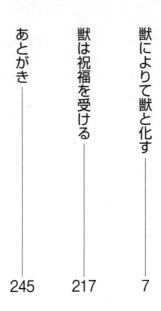

獣によりて獣と化す

その昔、只人《ただびと》と獣人は相容れずに争った。
神は争いを憂い、二つの種族の融和を願った。
神の願いは、只人でありながら獣人の特徴を表した、
四つの耳と尾を持つ者によって叶えられることになる。
トワ・ルーナ建国記より。

「お母さん、見て、見て！」

小さなユノは得意気に母のもとに向かった。

「なあに、ユノ？」

夕食の準備中だった母の脚にユノが纏《まと》わり付くと、母は柔らかい声でユノに応じてくれる。綺麗《きれい》な母がにこにこ笑顔で自分を見てくれると疑わず、ユノは得意げに自分の頭を見せた。

「これ！」

「っ！　ユノ、それ」

ユノの黒髪の頭には茶色い三角が二つ、ちょこんと乗っかっている。

「お母さんとお耳お揃《そろ》いなの！」

ユノは落ち葉を半分に折って、髪に挿してみたのだ。そうすると、母の耳にそっくりになったではないか。しばらく水鏡で眺めていたけれど大好きな母にも見て欲しかった。

「あ、ああ。驚いた。葉っぱなのね」

母はそう言うと、ユノの頭から三角耳を取り上げた。

「お母さん、返して！」

ユノの訴えに対して、母は駄目よと窘《たしな》めた。

「ユノ、あなたにはちゃんとした耳があるでしょう」

落ち葉をユノの届かない場所に置いた母はユノの顔の横にある耳をちょいと摘《つま》む。丸くて、毛も生えていない肌色の耳だ。母の頭の上にある三角の耳とは全然違う。

「でも僕も猫ちゃんのお耳欲しい！　ぴょこぴょこしてて可愛《かわい》いの！」

母の耳は黒猫の耳だ。しゃなりとした尻尾《しっぽ》だってある。黒髪と青い瞳は母とお揃いだけれど、耳と尻尾はそうではない。母は猫族の獣人で、ユノは獣の耳と尻尾を持たない只人《ただびと》なのだ。

「あなたのこの耳もとっても可愛いわよ。ねえ、ユノ。ユノは自分の耳は嫌い？　嫌いならこっちも取っちゃおうかしら」

「取っちゃ駄目！　嫌いじゃない」

ユノは慌てて自分の両耳をそれぞれ小さな手で押さえた。母はそれに少女のようにころころ笑う。

「ユノ、四つ耳はね、この国でたった一人だけにしか許されないの。ユノの猫のお耳可愛かったけど、ユノはそのたった一人ではないから駄目よ」

そう言う母は胸の辺りを服の上からぎゅっと押さえ、なんだか遠い所を見ているようだった。母はいつも革紐《かわひも》に通した指輪を首に提《さ》げている。母の瞳と同じ青い石の付いた綺麗な指輪だけど、いつも服の下に仕舞っていて、ユノ以外に見せたことはない。

まるで目の前から消えてしまいそう。そんな錯覚に陥って、ユノは思わず母の手を摑《つか》んだ。

「お母さん、僕、もう猫ちゃんのお耳が欲しいなんて言わない」

母の瞳がユノを見てくれた。いつもの優しい表情を浮かべている。

「ありがとうユノ。私の可愛い、大好きなユノ」

「僕もお母さん大好き」


しかし、そんな大好きな母との別れの日は無情にもやってきた。


三年後、ユノが八歳の春のことだった。

外は酷《ひど》い雨だった。草原の中で崖に寄りかかるように建てられた小さな家のおんぼろ屋根に、礫《つぶて》のような雨粒が容赦なく襲いかかる。まだ夕方のはずだが、家の中は暗闇に沈んでしまっている。外から戻ったユノは竈《かまど》の火を洋燈に移した。

「お母さん」

ユノは部屋にいるはずの母親に呼びかける。母子二人で暮らす田舎の村の小さな家には竈と食卓が置かれた土間と、母子二人の寝台が並べられた寝室しかない。

「お母さん！」

母はユノが出たときと変わらず寝台にいた。だが、瞼《まぶた》は伏せられ、起きる気配がない。

「お母さん、お母さん。目を開けて」

ユノは母の身体に必死に取り縋《すが》った。母が温かく、浅いが呼吸もしていることを確認して安堵《あんど》する。だが、外からは不吉な雷鳴までが轟《とどろ》いてきた。まるで死神が母を連れていくぞという宣告を下しているようだ。

「お母さん、お薬飲もう。ね?」

母は十日前に落石事故に遭い、怪我《けが》を負ってしまった。怪我自体はそれほどでもなかったのだが、傷口から悪いものが入ったらしく、熱が上がったり下がったりを繰り返している。医者は隣町にしかおらず、何度か往診をお願いしたが、薬を飲みながら安静にするしかないと言われてしまった。診療所でも家でも同じ処置しかできないと聞いて、母はユノが心配だからと家での療養を選択した。

母は今日も空が曇り始めた頃に高熱を出してしまった。ユノは熱冷ましの薬草を切らしていることに気付いて、慌てて薬草を摘《つ》みに外に出た。その間に母は意識を失ってしまったらしい。

年齢以上に小柄なユノの身体はずぶ濡《ぬ》れだったが、着替えなんかしていたら今度はその間に母が消えてしまうかもしれない。ユノが休むことなく声をかけ続けていたらきっと元気になる。そんな思いでユノは母の傍《かたわ》らを離れないことを誓った。

「どうしよう。お薬、飲んでくれない」

医者に言われた通りに薬草をすり潰して湯に溶かし、椀《わん》に入れて母の口元に持っていく。だが、意識のない母に薬を飲ませる方法は教えてもらわなかったし、聞ける人もいない。小さな畑のほか、刺繍《ししゅう》や縫い物で生計を立てていた母はとても美人で、妻になって欲しいという男達も沢山いた。ユノも一緒で構わないという人もいたけれど、母はどんな相手からの求婚も拒み続け、ユノと二人の生活を選んでくれた。裕福ではないけれど、決して不幸ではない。これからも母と二人で生きていくものだとユノは漠然と信じていた。

「お母さん、お母さん」

せめてもと母の額の汗を濡らした布で拭《ぬぐ》う。

もう一度医者に診てもらいたくても、医者は隣町だ。夜が明けて村の誰かに呼んでくるように頼んでも、どんなに早くても昼になる。

「ユノ」

ふとユノを呼ぶ声がした。

「お母さん！」

母の青い瞳がうっすら開いてユノを見た。何か言っている。小さな声だ。ユノは母の口に耳を近付けた。

「あなたのことは、アルドという人にお願いしたから」

「っ」

最期を覚悟した言葉だった。

「お母さん、僕、お母さんと一緒がいいよ」

「そうね。私も本当はそうしたかった。でも無理そうだから」

外は土砂降りの雨なのに、不思議と母の言葉がよく聞こえる。

ユノは自然と理解していた。母と別れるときが来たのだと。

「大好きよ、ユノ」

母の瞼が涙を押し出しながらゆっくり閉じる。ユノと同じ色の瞳は見えなくなってしまった。

「お母さん、お母さん！」

答えはない。苦しそうだった呼吸が止まっている。

「お母さん……？」

ユノは大声を上げてわあわあ泣いた。

「嘘《うそ》。目を覚まして、お母さん。お母さん……！」

泣きながら母に声をかける。でも返ってくる声はない。

ずっと二人だった。二人きりで生きてきた。ユノにとって母が全てだった。

ユノは一人になってしまった。

ぶつりとユノの中で何かが切れた音がした。

……ドン、ドン！

ユノはふと我に返った。目の前の母の顔はすっかり青褪《あおざ》めている。

これからどうするか考えなければいけないと頭の隅ではわかっている。でも今は何も考えられない。

ドン、ドン！

泣き喚き疲れ、ぼんやりしていたユノは、扉が激しく叩《たた》かれる音に気付いた。時刻はまだ真夜中だろうか。雨の音にも負けないくらいの勢いだ。

「誰……？」

悪い人だったらどうしよう。ユノは怖くてしばらくじっとしていた。だが、扉は叩かれ続ける。

「夜分すまない、こちらはセイナの家ではないかっ？」

扉の向こうから大きな声が響いた。男性のものだ。

セイナは母の名前だ。ユノの知らない声だが、母の知り合いなのか。こんなとき、どうしたらいいのか教えてくれる人はもういない。

「頼む、出てくれ！　セイナ！」

懇願するような声が母を呼んで、ユノは恐る恐る扉に向かった。

「あ、あの。どなたですか？」

扉を挟んで問いかけると、扉を叩く音がようやく止んだ。

「こんな夜分にすまない。私はアルドという。セイナに手紙をもらったんだ」

母が最期に告げた名前だ。ユノははっとして扉の閂《かんぬき》を外した。

「君は」

扉を開けると湿気《しっけ》た風が入り込んできた。そこにいたのは背の高い若い男だった。雨避《あめよ》けの黒い外套《がいとう》にすっぽりと身を包んでいる。唯一見えている金色の瞳がユノを見下ろす。

「ユノ、か？　セイナの子供の？」

ユノは後退《あとずさ》りながら小さく頷《うなず》いた。

「セイナは？」

ユノはぎゅっと唇を噛《か》んで、踵《きびす》を返した。男――アルドは、少し間を置いてからユノの後に付いてくる。

「セイナ……」

寝台で静かに横たわる母を目撃して、アルドは呆《ぼう》然《ぜん》と声を上げた。もう魂が去ったことは明らかだったが、それでも青白い頬に触れ、冷たい手を握って、命が消えていることを確認し、やりきれない様子で手を離す。

「いつ？」

「……つい、さっき」

時間の感覚が曖昧だ。でもこの夜のうちであることは間違いではない。

「そうか。間に合わなかったのか」

アルドは寝台の脇に跪《ひざまず》き、頭を覆っていたフードを外した。

「あっ」

ユノはつい声を上げてしまった。

フードから現れたのは、金色の髪と、その中から生える丸っぽい一対の獣の耳だったからだ。

獣人。

この国にはユノのように顔の横に毛のない耳を持つ只人と、母や目の前の男のように、獣の耳と尻尾を持つ獣人が存在している。

洋燈の明かりに照らされて、男の耳が黄金よりもやや白っぽい色合いの短い毛に覆われているのがわかった。猫や犬の三角の耳とは明らかに形が違う。体格からしたら大型獣の特徴を持つ獣人ではないだろうか。大型獣の獣人は珍しく、少なくともこの辺りには住んでいない。ユノも初めて見た。

「セイナ、どうしてこんなことに。もっと早く……」

アルドは母の亡骸《なきがら》を前に歯を食い縛り、とても悲しんでいるようだ。激情を堪《こら》えるようにしたアルドは、母の両手を胸の上で組ませ、乱れていた黒髪を整えてやり、瞼を伏せる。ユノの胸がぎゅっと痛む。

こんな風に母を悼《いた》んでくれる人は一体何者なのだろう。

「君は……」

しばらく母に向かい合っていたアルドがユノを振り向いて、驚いた顔になった。辺りを見回して、部屋の反対側にあるユノの寝台から毛布を取り、ユノの身体を覆ってくれる。ユノは自分が濡れたままだったことを思い出した。途端に寒くて震えてくる。

「気付かなくて悪かったな。こんなに冷えて」

アルドの手がユノの両手を包み、さすってくれた。大きな手は温かかった。

改めて見たアルドの顔はユノが知る誰よりも整っていた。凛々《りり》しい眉と力強い金の瞳、鼻筋が通っていて、唇は少し肉厚だ。こんなときだというのに、ユノは一瞬見惚《みと》れてしまった。

アルドはユノの身体を毛布越しに優しく拭《ふ》いてくれた後、自分の外套を脱いで肩にかけてくれる。厚手で少し重かったけれど、とても大きくて温かくて、なんだかいい匂いがした。

「祈りを捧げていいか？」

アルドは突然そんなことを聞いてきた。

ユノは意味もわからないまま小さく頷いた。

震えが止まったユノが見上げた金色の瞳は悲しみに満ちていた。祈りとはどういうことかわからなかったが、母が今際《いまわ》の際《きわ》に口にしたアルドと同一人物であるなら、きっと妙なことはしないはずだ。

（あ、もしかして獅子《しし》……？）

外套を脱いで露《あらわ》になっていたアルドの尾は特徴的だった。生え際から先端近くまではほっそりしていて、先端だけ長い毛がふっさり生えて丸くなっている。母に語り聞かせてもらった物語に出てきた獅子という動物の特徴と一致していた。よく見れば、襟足でふわりと広がる金髪もなんだか鬣《たてがみ》っぽい。

アルドはユノの視線に気付いて、目を優しげに細めた。ユノはどきりとする。

「一緒に祈ってくれるか？」

その言葉にユノは気付いた。アルドが身に着けているのは身体をぴったりと包む黒い神官服だ。ユノのような只人と獣人の共存共栄を願った神に仕える人達。ユノが知っているのは隣町の腰の曲がった只人の老爺《ろうや》の神官だが、いつもお菓子をくれるとても優しい人だ。

「神官様のお祈り」

「そうだ。君のお母さんの魂が迷わずに神様のところに行けるように」

「神様のところに」

「そうしたらお母さんは空の上から君を見ていられるからね」

「お母さん……っ」

ユノは鼻を啜《すす》り、おずおずとアルドの隣に跪いた。神殿でするように手を握り合わせ、目を閉じる。

「ノワ神よ。今、善良なるあなたの信者がこの世を去りました。どうかこの者の魂があなたのみもとにて安らかに過ごせますように」

月に一度通う隣町の神殿で老爺の神官が口にする祈りの言葉はとても難しくて子供のユノには理解できなかった。でもアルドの言葉は簡単で優しい。耳心地のよい低音が部屋を満たしていく。雨の音もしとしとと静かになって、ユノの胸の中は母との優しい思い出でいっぱいになった。涸《か》れたと思った涙がまた溢《あふ》れてくる。

祈るうちに外から光が差した。真夜中だと思っていたがどうやら朝になっていたらしい。雨はすっかり止んでいて、外から差し込む白い光は明るい。その光景はまるで母の魂が天に昇っていくかのようだった。懸命に祈り続けるアルドの姿は朝の光と同じ金色に輝いていて神々しくさえ見えた。

「一人でよく頑張ったな」

朝日を浴びてきらきら光るアルドは、祈りを終えると、ユノと目線が同じになるように屈《かが》み込み、語りかけてきた。背が高いから大人だと思い込んでいたが、よく見ると若い。多分、二十代半ばくらいか。

ユノは頭をぶんぶん振った。

「僕、何もっ、できなかっ、た」

しゃくり上げながら言うユノの手をアルドが取る。

「そんなことはない。お母さんを治そうと頑張ったんだろう」

枕元にはすっかり冷えた薬湯が置かれている。アルドが手を握ってくれて、抱き寄せてくれた。

「うぅ、うわあああん。お母さん、お母さん……っ」

ユノはアルドの胸で大泣きした。母のように柔らかくはないけれど、逞《たくま》しい身体はずっと知っていたかのように安心できた。


母の葬儀は簡素に、しかし心を尽くして行われた。その全てをアルドが取り仕切ってくれて、ユノはただ母との別れを悲しむだけでよかった。

「君には選択権がある」

母の亡骸が村の墓地に埋葬されると、アルドはユノの涙を指で拭いながらそう声をかけてきた。

「選択権？」

「セイナは私に君を頼むと言ってきた。でも、君は父親のところへ行くこともできる」

アルドはユノの手に小さな塊を握らせてきた。母がいつも身に着けていた青い石の指輪だ。その内側には、何かの紋章が彫られている。

「それは君の父親がセイナに贈ったものだ」

「父親？　僕に、お父さんがいるの？　生きてるの？」

アルドは真剣な顔で頷いた。

ユノは思わず指輪をアルドに突き返していた。

「どうして？」

ユノは無意識にそんなことを口にしていた。涙がまた溢れてくる。

「どうして、お父さん、お母さんを助けてくれなかったの？」

父親のことを聞くと、母はいつも悲しそうにした。何度かはぐらかされた末に、もう聞かないでといつになく厳しく言われて、本当は知りたくてたまらなかったけれど、聞くことを止めた。きっと亡くなったのだろうと思っていた。それなのに生きているなんて。それならどうしてここにいないのか。母を助けてくれなかったのか。母は最期まで指輪を身に着けていたのに。

お金があって、もっといい薬が使えたら母は助かったかもしれない。いいや、その前に怪我するようなこともなかっただろう。ううん。母に会いに来てくれるだけでもよかったのに。

「どうしてお父さんは来てくれなかったの？」

「ユノ、君のお父さんは……」

アルドの説明をユノは拒んだ。

「嫌だ、聞きたくない。僕にはお父さんなんていない。お父さんのところになんて行きたくない」

子供のわがままに、アルドはほんの少しだけ間を置いてから頷いた。

「では私のところに来るか？」

大きな手が差し伸べられる。ユノの手をすっぽり包み込めてしまう手だ。

「私とおいで」

ユノは迷わずその手を取った。とても温かかった。

母を失って一度は空っぽになったユノを、アルドの温《ぬく》もりが急速に満たしていった。

八の月

あれからいくつの季節が巡っただろう。

上弦の月はもう西の空に落ちかけているのに、やけに明るい星空の下。ユノは明日の試験のおさらいのために燭台《しょくだい》の光に照らされた文字を指で辿《たど》って、つい思い出に浸ってしまった。というのも、独特のざらつきのある紙面に綴《つづ》られているのは、出会いの日のアルドの祈りの言葉と同じものだったからだ。

本来、神官の祈りは古めかしくて難しい言葉で構成されているが、昨今は庶民にもわかりやすい言葉で書き換えられた新語版も流通している。アルドがユノの母のために祈ってくれたものは普及が始まったばかりの後者だった。

「僕の、ためだよね」

母はむしろ本来のものに慣れ親しんでいただろう。アルドが新語版で祈ってくれたのは子供のユノのためだったに違いない。

ユノはつい先日、十八歳になった。相変わらず年齢にしては小柄だが、神官になるという目標を持って生きている。そのために神学校に通っているところだ。

「アルド」

こっそりと名前を呼ぶと、胸の奥にぽうっと火が灯《とも》る気がする。

「アルド。んんっ」

もう一度名前を呼んで喉がからからなことに気付いた。集中していて気付いていなかったが、汗もじっとりとかいている。

「暑いな」

夏ももう終わりなのに随分と暑い。特に今日はこんな夜中でも昼間の熱気が残っている。横に置いたカップを持ち上げたが、生憎《あいにく》中身は飲み干してしまっていたらしい。水差しも空っぽだ。

「少しくらいなら大丈夫、だよね？」

ユノは額の汗を手で拭いながら黒髪を掻《か》き上げ、そっと部屋から出た。廊下は暗闇に沈んでいる。板張りがキィと軋《きし》む音がやけに響く。廊下の両側には無数の扉がある。その一つ一つがユノと同じ立場の神学生の部屋だ。神学校には寮があり、ユノは入学した三年前から入寮している。寮則は厳しくて、深夜の徘徊《はいかい》は禁止されている。ユノはなるべく音を立てないように忍び足で階下に下りていく。

一階には食堂があり、水甕《みずがめ》も置いてある。だが、無性に冷えた水が飲みたかった。欲求に駆られたユノは食堂の奥の厨房《ちゅうぼう》に向かい、その通用口から外に出た。すぐのところに井戸があり、そこでなら汲《く》み上げたばかりの水が飲める。その冷たさが求めるものだった。

桶《おけ》を下ろして新鮮な水を汲む。星明かりで暗い水面に自分の顔が映っている。黒髪と、星明かりの下では黒にしか見えない青の瞳は母譲りだ。顔は人によく少女めいていると言われる通りの細面で、男らしい部分が乏しい。そんな自分の容貌《ようぼう》に溜息《ためいき》が漏れた。

水に手を浸けると思った通り冷えていた。両手で掬《すく》って口にすると生き返る思いがして、気分も晴れてきた。ついでに顔も洗うと眠気が完全に吹き飛んだ。

「あ……」

顔にぽたぽたと雫《しずく》が落ちてくる。顔だけ洗ったつもりが、前髪も濡れてしまったらしい。それどころか薄手の部屋着の胸元までぐっしょりしている。相変わらず不器用な自分に苦笑するしかない。

「涼しいからいいかな」

気を取り直して前髪の雫を絞り落とすと、大礼拝堂の荘厳な佇《たたず》まいが目に入った。大礼拝堂には祈りの間があり、迷える信徒のために一日中解放されている。深夜でも望む者がいれば迎え入れられるように常に明かりが灯されている。

漏れてくる優しい光に誘われるように、ユノは大礼拝堂に足を向けた。

大礼拝堂の正面入り口をくぐると、すぐそこが祈りの間になっている。祈りの間の明かり取りには、色とりどりの色硝子《いろガラス》が嵌《は》められている。ところどころに置かれた洋燈の揺れる明かりがたまにそれらを煌《きら》めかせて幻想的だ。

一番奥の祭壇には、只人と獣人の融和を願ったノワと呼ばれる神様の像が祀《まつ》られている。男性とも女性ともつかない美しい人の姿で、目にすればどんな人間でも穏やかな気持ちになれるような表情を浮かべている。ノワ神の像は頭に布を被《かぶ》っており、獣の耳も只人の耳も、尾も持っていない。ノワ神の姿は只人でもなく、獣人でもないのだ。触れがたい神聖性を感じるし、慕わしいとも思う、不思議な雰囲気だ。

誰もいない。そう思いながら祭壇に歩を進めたユノはぎくりと立ち止まった。祭壇の前に人影があったのだ。跪いているうえにまったく動かなかったので、近付くまで気付けなかった。

「アルド？」

その正体にすぐに思い当たって呼びかけた。人影が立ち上がり、ユノを振り向く。

ノワ神の像を背に、洋燈のぼんやりした光に照らされているのは、金色の獅子の獣人だった。窮屈な印象の黒い神官服を襟元まできっちりと着こなし、立っているだけで圧倒される迫力がある。肩幅の広い体格は立派で、騎士だと言っても誰も驚かないだろう。立ち姿は優雅で、思わず見惚れるほどに美麗だ。

不意の邂逅《かいこう》にユノの鼓動が大きく跳ねる。

「ユノか？」

低く耳心地のよい声が祈りの間に響いた。その声だけでユノの胸は早鐘を打つ。

「こんな時間に何をしている？　神学生は深夜の外出は禁止のはずだろう」

アルドは目を眇《すが》め、ユノを窘《たしな》めた。

一瞬前まで高鳴りを訴えていた心臓がきゅっと縮むような心地に陥った。

ユノは自分の靴の先を見下ろす。

一神学生のユノと違ってアルドは将来を嘱望《しょくぼう》された神官だ。新語版の祈りはアルドが神学生のときに提唱したもので、それから自身が主導して普及を推進している。お陰で神殿を訪れる信者の数は激増したらしい。神官長の信頼も篤《あつ》く、三十歳の今から次の神官長の呼び声が高い。出会った頃より精悍《せいかん》さを増した美貌は神殿外でも評判になり、アルドの説教にはいつも大勢の人が集まる。そのためアルドは多忙で、深夜まで働いていることもよくあった。今日もきっと今まで仕事をしていて、就寝前の祈りに来たのだろう。

「ちょっと冷たい水が飲みたくて。そうしたら井戸から明かりが見えたから、お祈りをしておこうと思って」

規則を破ったのは事実だ。ごめんなさいと言えばいいのに、ユノの口からは言い訳が出てきてしまった。

「こんな時間まで起きていたのか？」

「っ、明日の試験勉強をしていて」

「前日に詰め込むような学習の仕方は身体に悪い」

困ったような心配するような表情と口調だ。

「ごめんなさい」

ユノはつい謝った。失望されたと思うと辛《つら》い。

「叱っているわけじゃない」

つむじの上に溜息が落ちた。いつの間にかアルドが目の前までやってきていた。

「濡れているな」

肌色が透けるくらいびしょ濡れの胸元を鋭く睨《にら》み付けられたのがわかった。今度はだらしないのが目に付いてしまったのか。ユノは胸元を握り締めて隠した。ユノの仕草に、アルドは眉間《みけん》に小さく皺《しわ》を寄せた。

「そのままだと風邪《かぜ》を引く」

アルドが取り出した手布で髪を拭おうとしてくれるのが見えて、ユノは反射的に一歩下がってそれを避けた。

「あ……」

アルドはさっきよりもはっきりと眉間に皺を寄せていた。精悍な顔に浮かぶ不快感にユノの心臓は締め付けられる。親切に差し出してくれた手を避けたのは、いかにも心証が悪いだろう。でもユノはどうしてもアルドに触れられたくない。

「すぐ部屋に戻って着替えるから大丈夫」

ユノが泣きそうになるのを我慢して告げると、アルドは手を引っ込めた。

「そうか。だが、不用心だ。いくら神殿の敷地内とはいえ、こんな深夜だ。私ではなく、盗人だったらどうするんだ？　ただでさえお前は非力な只人なのに、セイナに似て華奢《きゃしゃ》で……」

「わかってる」

子供扱いの心配の言葉の中に母の名前が出て、ユノはつい遮ってしまった。

なんとかアルドを見据える。でも視界がじわっと滲《にじ》んで結局逸《そ》らす羽目になった。

「まだ神学校への進学を反対したことを怒っているのか？　私はただお前が心配なだけだ」

ユノの態度の理由をアルドは誤解している。怒ってなんかいない。でも本当のことは言えない。

「アルドには関係ない」

声が震えた。漏れそうになる嗚咽《おえつ》をぐっと堪えて拳を握る。

「それに今さらだよ。もうすぐ卒業だ」

深い溜息が聞こえてきた。

「卒業したらどうする気だ？」

「もちろん、神官になるよ」

「お前は何のために神官になるんだ？」

即答に返ってきたのは質問だった。

「何のためって……」

「特に理由もなく決めたのか？」

「そんなわけない！　僕は、」

ユノはそこまで言って唇を歪《ゆが》め、歯を食い縛った。

「……人の役に、立ちたかったから」

嘘ではない。でも、全てでもない。

「神学校ではよい成績を修めているようだが、新米の神官は多忙だぞ。それにノワ神の神官は只人だけではなく獣人とも接する機会が多い。力が強い乱暴者だっている。お前に耐えられるのか？」

「できるよ。なんだってする」

どうしてそんなことを言われなきゃいけないのか。

「ユノ、私は……」

「もう、戻る。すぐ寝るから」

さらに何か言われようとしたところで、ユノは慌てて踵《きびす》を返した。これ以上会話を続けていたらきっと泣き出してしまうと思ったからだ。

背中にアルドの何か言いたそうな気配を感じながら、一気に寮の自室まで戻り、寝台に凭《もた》れて膝を抱えた。

「どうしてこうなっちゃうんだろう」

膝頭の間に顔を埋《うず》め、小さな声で泣き言を漏らした。


「今日からここが君の家だ」

「僕の……？」

母の葬儀の後、八歳のユノはアルドに連れられて三日かけて王都にやってきた。

「大きい」

ユノは紹介された家の大きさに圧倒された。

「私の私邸だ。家人は他にいないから、好きなように過ごすといい」

「私邸？」

「私は神官だからな。普段の住まいは神殿の中にある。こちらは生家から財産分与されたもので、休日に使っている」

アルドが貴族の三男というのは道中で聞いていた。貴族というものはなんとなく知っていた。王様の下で働く偉い人達で、お金も沢山持っている。でも休日のためにこんな大きな家があるなんて。ユノの想像を超えていた。

「セイナの実家も貴族だが。それも知らないのか？」

「お母さんが貴族？」

ユノは瞬いた。アルドが頷く。

「セイナは私の従姉だ。私の母の姪《めい》に当たる。地方貴族の娘で、私の屋敷に行儀見習いに来ていた」

母が貴族だなんて初めて知った。でも確かに、村の人達がセイナは上品だ、きっともとはいい家のお嬢さんに違いないと言っていたのを思い出す。

「お母さん、そんなこと教えてくれなかった」

八歳の子供はそんなことも教えられないくらい頼りなかったのだろうか。悲しい気持ちになるとアルドの大きな手がユノの小さな手を握ってくれる。

「言う必要がなかったんだろう。こんなことにならなければセイナはユノと二人でずっと暮らしていくつもりだっただろうから」

ユノはアルドの手を握り返した。

「それにセイナは貴族とはいえ、随分、自由気ままな暮らしぶりのようだったからな。実家では庭の畑を世話したり、服も自分で縫っていたし、刺繍や縫い物は売り物にしていたと言っていたな」

ユノは瞬いた。それではまるきりユノの知る母の生活と同じだ。

「貴族としては裕福とは言えないが、ちゃんとした礼儀作法だけは身に着けて欲しいと、両親の頼みで我が家に寄越されたんだ、セイナは」

だから母は決してユノとの暮らしで無理をしていたわけではないとアルドは教えてくれているのだ。ユノは少し泣きそうな気分で頷いた。アルドの優しさは心に沁みる。

「お母さん、僕と二人で、幸せだったかな」

「もちろん」

アルドが請け合ってくれてユノは一粒涙を零《こぼ》した。でも鼻を啜ってそれ以上は泣くのを止める。もう沢山泣いたから、ちゃんと前を向いて生きていかなければならない。アルドと一緒にいると自然とそう思えてくる。

「アルド様、お帰りなさいませ！」

門の中に入ると、恰幅《かっぷく》のよい中年の女性がアルドとユノのもとに駆け寄ってきた。背後で身長の半分はありそうなふさふさの尻尾が上向いて立っている。栗鼠《りす》の尻尾だ。見たこともないその大きさにユノはつい目を輝かせてしまった。

「ユノ。彼女はジーン。この家の使用人頭だ。何かあれば彼女に頼むといい」

「まあまあ、あなたがユノ様ね！　アルド様からお手紙でお知らせいただいているわ」

大きな声で歓迎されて、ユノは思わずアルドの背後に隠れてしまった。

「あら。お母様とは違ってずいぶん恥ずかしがり屋さんなのね」

「お母さん、知ってるの？」

「ええ。ええ。とってもお転婆《てんば》なお嬢様でしたわ」

ジーンがそんなことを言うからユノはアルドの後ろからゆっくり顔を覗《のぞ》かせた。やっと顔を見られたわと言うジーンの笑い声と一緒に、ふくよかな身体と尻尾がゆさゆさ揺れる。

「お母様と違って大人しいのですね。これからよろしくお願いします、ユノ様」

「ユノ、様？」

聞き慣れない呼び方にユノはついアルドを見上げた。アルドが頷く。

「私はユノの後見人だ。ユノは私の家族としてこの家に住んでもらうから、主人の私と同じ扱いになる」

「家族」

ユノの胸にじわりと湧いてくる温かな気持ち。

「私もこれからは休日だけではなくできる限りこちらで過ごす」

「迷惑じゃないですか？」

ユノはアルドのことをすっかり信頼しているが、数日前までは顔も知らない者同士だったのだ。遠慮したユノに、アルドは優しい笑みを向けてくれた。

「子供が気にすることじゃない。それにセイナからの頼まれごとだ」

こうしてユノは新しい生活を始めることになった。見たこともない大きな屋敷、ふかふかの寝台、食べきれないくらいの豪勢な食事、優しい使用人達。そしてアルド。ユノは村の学校に通っていたが王都の教育事情とはかなり違ったらしい。それで学校に編入するまでの間、アルドはできるだけ屋敷にいて勉強を教えてくれた。

「よくできたな」

「偉いぞ」

アルドはユノが一つできるようになると沢山褒めてくれた。猫科の獣人は気まぐれだという通説があるが、アルドは真面目《まじめ》で辛抱強かった。もしかしたら猫科には珍しく群れで生活する獅子の習性のせいかもしれない。

出会ったとき、ユノはアルドのことを二十代半ばくらいかと思ったが、実際は二十歳ととても若かった。アルドはその歳で一人の子供を引き取ってくれたのだ。

その後、ユノは無事に王都の学校に通えるようになったが、アルドはほとんど毎日のように屋敷に戻ってきてくれたし、できる限りユノと一緒に過ごしてくれた。

アルドと二人の空間はとても心地よかった。二人ともおしゃべりではなかったから会話は少なかったが、ユノが何かを話せばアルドは耳を傾けて聞いてくれたし、ユノがしてはいけないことをしたら窘められたけれど、改めたらそれでいいとちゃんと褒めてくれた。

大きな寝椅子《ねいす》にゆったり座るアルドに凭《もた》れかかって本を読むのがユノの一番好きな時間だった。

「アルド様は本当にユノ様が大事なのですね」

屋敷の使用人達は二人を微笑《ほほえ》ましく見守ってくれた。

「アルド様とセイナ様も本当に仲がよかったから」

ジーンは大きな尻尾を揺らしながら、いつもそう言って懐かしそうに目を細めていた。

「ユノ様はセイナ様にそっくりですわね」

母に似ていると言われて、八歳のユノは嬉《うれ》しくなった。母が一緒にいてくれるような気がしたからだ。

でも、成長していくにつれ、いつしかそれを苦痛に感じるようになってきた。セイナ様が、セイナ様は、セイナ様とアルド様は……。ユノにはいつも母の名前が付いて回る。

「アルド様が神官を目指されたのは表向きには三男で家督《かとく》を継がないからってなっているけれど、本当は叶《かな》わぬ恋のせいなのですって」

アルドの屋敷で暮らすようになって五年ほど経ったある日、ユノは使用人達の噂《うわさ》話《ばなし》を聞いてしまった。

「やっぱり一番の問題は歳の差だったのよね」

「歳の差というより、当時アルド様は十一歳ですもの。獅子族だから当時から体格だけは大人並みだったけれど、心はそうはいかないわ。セイナ様が突然いなくなった後、急に神官になるなんて言い出されて」

「お二人が結婚の約束をしていたなんて話もあるのよ」

そこまで聞けば、アルドが恋していた相手が誰かなんてすぐに理解できる。

「あなた達、何を無駄なおしゃべりをしているの」

やってきたジーンが使用人達を叱ったので、彼女達は慌てて仕事に戻っていって、物陰にいたユノには誰も気付かなかった。

残されたユノは一人胸を刃《やいば》でズタズタに切り裂かれたような心地に陥っていた。

（アルドは、お母さんのことが好きだった……？）

問いかける勇気はなかった。でも思い当たる節はいくつもあった。いつからか、アルドはユノを見て、なんとも言えないような、慈しむ子供に向けるのとは違う切なげな目をすることがあった。あれは母を想っていたのだ。

胸が苦しくて、心臓が止まりそうなくらい痛くなった。

（ああ、そうか。僕はアルドのことが好きなんだ）

ユノはもう母を亡くして泣いていた八歳の子供じゃない。自分の気持ちが自然と理解できた。

（いつから？　そんなのわからない。でも好き。間違いじゃない）

アルドとずっと一緒にいたい。でも、アルドにとってユノは好きな人の子供でしかない。庇護《ひご》するべき子供としてしか見てもらえない。

ユノは自分の気持ちを自覚した途端に失恋してしまったのだ。

それからはアルドに会う度に辛かった。

頑張っているなと頭を撫《な》でてくる手にドキドキするのを隠したくてそっと逃げたり、顔を合わせないようにしたり。どうしたんだと心配されたって理由を言えるわけがない。大丈夫だから心配しないでと言うのがせいぜいだった。

「神学校に行って、神官になりたい。ここを出ていく」

ユノは十五歳で基礎教育を終える頃、アルドにそう告げた。神官になるのが早く独り立ちできて、アルドに心配もかけない一番の方法だと思ったから。

「神学校に入るには神官の推薦状が必要なんだ。それだけアルドにお願いしたいんだ。後は迷惑をかけない。全部自分でやれるから」

神学校は学費もいらないし、寮に入れば食事も出してもらえる。金銭的な世話にならずに済む。その上、ほんの少しだけでもアルドと対等な立場に近付ける。

「駄目だ。推薦状は書かない」

だが、アルドは即座に反対した。

「お前のことはセイナに頼まれているんだ。セイナならお前を神官になんてさせない」

その言葉はユノの胸を抉《えぐ》った。

そうだった、アルドは想いを寄せていた母に頼まれたから、自分を世話してくれているんだ。同時に自分でも理解不能な感情が湧いてきた。自分は自分だ。何故《なぜ》もういない母に遠慮して将来を閉ざされなければならないのか。

大体、神学校に行こうと思ったのは、アルドに憧れたからでもある。母の死に際して祈ってくれたアルドの神々しい姿がユノを悲しみから救ってくれた。アルドみたいにはなれなくても、少しでも近付きたいと思ったからなのに。そしていつかアルドに頼ってもらえるような人間になりたかった。

「お前は神官には向いていない。お前にはこの屋敷での仕事を任せたい。ゆくゆくは私の名義になっている土地や財産の管理をして欲しいと思っている」

「どういうこと？　僕に、この家から出るなってこと？　一生アルドの世話になれってこと？」

ユノの反論にアルドはとても驚いた様子だった。肯定以外が返ってくるとは万が一にも思っていなかったのか。

「そういう意味ではない」

アルドの背後で滅多に動かない尻尾が何度か揺れた。

「ただお前のことは後見人の私に全責任がある」

ユノは頭を振ってアルドの言葉を拒絶した。

「僕はいつまでも子供じゃない！　もうアルドの手を借りなくても生きていける！」

アルドは表面上は冷静だが、尻尾を動かしてしまうくらいの激情を覚えている。でもユノは引けなかった。

「まだ十五歳だ。外で働いたこともないのに、どうやって一人で生きていくというんだ」

「わかった。この家を出て、街の神殿で見習いとして働く。頑張りを認めてもらったら推薦状を書いてもらえるはずだから」

まさに売り言葉に買い言葉だった。ユノの言葉に、アルドは秀でた額を手で覆った。目元を隠し、唇を歪め、牙を剝《む》くかのような様子を見せた後、深い溜息を零した。

「私が世話をしている者が、どこの誰とも知れない人間の推薦状で神学校に入学するだなんて許せるわけがない。お前の後見人は私だ」

「推薦状、書いてくれるの？」

「ああ。だが、条件付きだ」

条件付きでもアルドは入学を許可してくれた。それはユノの私生活にまで及ぶものだったが、ユノは全部飲んだ。神学校に行って、神官になって、アルドと一緒に働く。そのためなら今はただの子供扱いでも仕方ない。

「アルド、ありがとう。僕、頑張るから」

「過度に頑張る必要はない。適性がないと感じたり、辛くなったらすぐに辞めてこの家に戻ってきなさい」

そんなことは絶対にしない。アルドに頑張りを認めてもらえるように努力する。

そう決めたのに。


「三年経っても、変わらないんだよね」

ユノなりに頑張ってきたが、アルドは会う度に、ユノのことを子供みたいに心配したり、そろそろ戻る気にならないのかと言うばかりだ。

「アルド、好き」

先程の祈りの間でのアルドの顔が思い出される。凛々しい姿も、綺麗な横顔も、ユノに向けてくれた笑顔も、優しさも、全部、全部、好きでたまらない。大きな手で頭を撫でて欲しいし、抱き締めて離さないでいて欲しい。

ユノはふと自分の手に仄《ほの》かな熱が残っているよう

な錯覚を覚えた。アルドの手を払うときに指先が一瞬だけ彼に触れた。その指先を自分の唇に触れさせて、泣きたくなった。

可愛らしい抱擁だけじゃない。普段は引き結ばれた形よい唇と口付けをしたい。素肌を触れ合わせたい。アルドの全部を知りたい。

想像しただけで背筋に甘い痺《しび》れが走って、無意識に手が下肢に向かおうとしたのを慌てて止めた。

「こんなことしたなんて知られたら、二度と会ってももらえない」

叶いっこない。アルドはユノをセイナの子供としか見ていない。それに男同士だ。

この国はノワ神が種族を超えた愛を説いているため性別にも寛容で、男同士の恋人や夫婦も珍しくはない。でも異性しか愛せない人も多い。

もしアルドのことを欲情も含む気持ちで好きだなんて彼に知られたら、家族の立場すらも失ってしまうかもしれない。絶対に気付かれたくない。そんな思いから、神殿で何かと顔を合わせる度に、少しの会話だけでつい逃げてしまう。まるで恩知らずみたいだ。いや、そのものだろう。自分が悪いのはわかっている。アルドは遠縁の自分を引き取ってくれて、見返りを求めることもなく世話をしてくれた。本当ならアルドの言うことを聞くのが正しいのだろう。

どうして神官になりたいのかと、聞かれたのは今日が初めてだ。

「僕の気持ちなんて、興味なかったんだろうな」

考えると暗い気分になってしまう。

「全然、想いは冷めてくれないし」

むしろこの三年で一層恋心は大きくなった。アルドを想って我慢できず、一人で慰めてしまったこともある。酷い罪悪感に打ちのめされて余計にアルドと目を合わせられなくなった。

時折見かけるアルドはいつも堂々としていて、沢山の人に囲まれている。救いを求める人には分け隔てなく接して、誰からも慕われている。時間が合うときにアルドの説教を聞きに行くと、最前列では綺麗に着飾った女性達が頬を紅潮させていて、説教が終わったアルドは彼女達に取り囲まれる。アルドは笑顔は少ないまでも面倒そうな素振りは一切見せずに彼女達の質問攻めにも丁寧に答えるから、彼女達は一層アルドに憧憬の瞳を向ける。

誰にでも平等に接するアルドを見る度、ユノの胸は軋むように痛んでしまう。

ユノがアルドと家族になれたのはたまたまセイナの子供だったからだ。そうでなければその他大勢と同じだけの優しさを与えられていただろう。

あんなにすごい人がちっぽけなユノを好きになってくれるわけがない。

蒸し暑い。身体の中に気温からではない熱が蟠《わだかま》っている。せっかく冷えた水を飲んだのに。

ユノは寝台からそろそろと起き上がり、窓辺に向かった。風を入れるために開け放っている窓から大礼拝堂の辺りを探す。アルドはそこでまだ祈っているのだろうか。

「アルド……」

アルド。ユノにとって一番大切な人。でもアルドにとって一番大切なのはユノではないのだ。

＊＊＊

「終わった……！」

ユノは解放感からこっそり伸びをした。人が動き出しただけで講堂の空気が急に伸びやかなものになった気がする。神学校の最後の試験が終わったのだ。合格すれば神学校を卒業し、正式に神官となれる。各地の神殿に配属されて、獣人、只人の分け隔てなく、人々を救済する神の手助けを行うことになる。

「ユノ。手応えありか？」

声をかけてきたのは後ろの席で一緒に試験を受けていた学友のイーサだ。頭の上に生えた長くて黒い耳がぴくぴくと動いている。イーサは兎《うさぎ》の獣人だ。

だが兎の獣人にしては大きくて身長が高い。兎族の中ではとりわけ大きくなる氏族らしい。ユノが只人としても小柄な分、耳先まで考えるとかなりの差が付いてしまう。

「うん、やれることはやったし」

肩に肘をかけられ、黒髪をくしゃくしゃにされながら、ユノは苦笑して頷いた。

「お前なら合格だろうな。はー。寂しいな、お前ともお別れか」

「どうして？　イーサなら留年なんてしないよね？」

「まあな」

イーサはふふんと鼻を擦《こす》る。神学校は初等科もあって幼い頃から入れるが、ユノとイーサは高等科から入った組だ。入った当初はお互い苦労したが、今ではいつも学年で成績一位、二位を争う間柄でもある。イーサは神学生ならもう少し落ち着きなさいと教師陣に言われてしまうような活動的な性格だ。対してユノは引っ込み思案なところがあり、少しだけイーサの気さくさを見習ってはなんて助言を受けることもしばしばだ。性格が正反対で只人と獣人と種族も違う二人だが、不思議と気が合った。

「二人とも合格だからお別れなんだよ。ここ最近、新米神官はまず地方の神殿に赴任するだろう？　成績上位者はそれぞれ別の神殿に振り分けられるだろうしな」

「そうか」

言われてみると急に寂しくなった。

「でも頑張って成果が認められたら数年で王都の本神殿に呼び戻されるよね。すぐまた会えるよ」

「なんだ、すぐに戻ってこられる自信があるのかよ」

「そういうわけじゃないけど」

王都から遠く離れた地方に赴《おもむ》く。そう思うとユノの脳裏にアルドの顔が浮かび上がる。アルドとは今以上に離れることになる。今はたまにでも顔を合わせてしまうから想いが風化しないのだ。絶対に会えない距離まで離れてみたら、変われるかもしれない。

そんな気持ちもある。

「あ、でもそろそろ新しい斎宮聖下《さいぐうせいか》が誕生する時期だろ。そうしたら各地の神官も順番に王都に斎宮参《さん》詣《けい》する習わしだからさ。二人で時期を合わせよう」

斎宮とは、只人の王族から選ばれ、特別な儀式を経て獣の耳と尻尾を持つようになった、四つ耳とも呼ばれる存在のことだ。耳も尾もないノワ神とは正反対の存在は、只人と獣人の融和の象徴として斎宮と呼ばれる神殿の特別位に就く。

「ああ、そっか。もう前回から二十年か」

神官としては当然知っておくべき事柄を思い出しながらユノは頷いた。

斎宮の儀式はおおよそ二十年に一度と決められている。前斎宮は現王の叔父で体調不良を理由に三年前に引退している。ユノも引退前にちらりと見たことがあるが、とても優しそうな人で、黒狐の耳と尾を持っていた。

「でも今の王族って、既婚者か小さな王子王女しかいないだろう？　王子王女が儀式できるようになるまで早くて十年か？　それじゃあちょっと先すぎるよなあ」

斎宮の候補になれるのは、王家の直系で、誰とも性交渉を行ったことのない者でなければならない。結婚した者には当然その資格はない。そして儀式の特性上、子供は受けられない。

「そうだね」

次の斎宮か、とユノは考える。ふと、幼い頃に、葉っぱを耳に挿《さ》して母に見せたときのことを思い出した。四つ耳は特別な存在だ。普通の人間がなれるものではない。母が駄目だと諭《さと》した理由も今ならわかる。

「やっぱり斎宮聖下が長く不在っていうのは不安だよな」

「でも、もう獣人と只人とが一緒に暮らすようになって何百年も経つんだし、少しくらい不在期間が長くても大丈夫だよ」

ユノ自身、イーサとは親友だし、一緒に暮らしていたアルドも獣人だ。

「うーん。まあ、なあ」

イーサはどこか歯切れ悪く頷いた。首を傾《かし》げたユノに、イーサは苦笑で返す。

「お前って本当に箱入りだよな」

「何それ」

「大事に育てられたってこと。他意はないよ」

確かに大事にしてもらった。母にも、アルドにも。だからそれ以上の文句は思い付かなくて、ユノはちょっとだけイーサを睨んで話を終わらせることにした。


今日は少しばかり涼しい。

爽やかな風を感じながら、ユノは神殿の薬草園で他の神学生達と一緒に薬草畑の手入れの手伝いをしていた。熱冷ましの薬草や、お茶にして飲むと安らかな気持ちになれる香草など、信者の求めに応じて与えるためのもので、神学生に課された奉仕作業の一環だ。

試験が終わったからといって、自由の身になれるわけではない。むしろ正式に神官となるのを目前にして一層研鑽《けんさん》に努めなければならない。地味な奉仕作業だって手を抜くわけにはいかない。でも少し浮ついた雰囲気になるのは仕方ないと思う。

「ユノ。顔に泥が付いてるぞ」

「え?」

向かいのイーサに言われてユノは慌てて顔を拭った。だが、手が汚れていたものだから、余計に汚れてしまった。

「お前……。本当にそういうところ抜けてるよな」

「笑うなよ」

と、ユノは頬を膨らませながらまた汚れた手で顔を触ってしまった。

「あ」

イーサだけではなく周囲の同級生達もどっと笑った。

皆と一緒にいられるのもあと少しだ。

ユノが同級生達と時折おしゃべりをしながら一緒に畝《うね》の間に屈み込んで雑草を抜いていると、向かいのイーサの兎の耳がピンと立った。

「先生が来るぞ」

どうやら教師の足音を聞きつけたらしい。皆一斉に口を噤《つぐ》んで真剣な様子を装う。兎の耳って便利だなあとのんびり考えていたユノの耳にも、足音が聞こえてきた。

「ユノ！　ユノはいるか？」

やってきたのはユノ達の担当教師で、何故かユノを呼んでいる。ユノだけではなく同級生達も手を止め、立ち上がって先生に頭を下げようとして驚いた。

教師は一人で来たわけではなかった。その背後に灰色の毛並みの犬の耳と尻尾を持つ初老の獣人を伴っていた。

「神官長様」

神官長は神官の最高位だ。神学校の責任者でもあるが、王侯貴族《おうこうきぞく》への説教や神殿の運営に忙しく、一人の学生に会いに来るなんてことはまずない。皆が何ごとだとざわめく。

「はい、ここです」

ユノが手を上げて応じると、只人の教師と獣人の神官長はまっすぐにユノのもとにやってきた。二人して、畑の中にいるユノの目の前で、両膝を一度屈めてから頭を下げる、神官の世俗の者に対する最敬礼を取った。

「先生？」

何ごとか理解できずユノは困惑した。手には抜いたばかりの雑草が青々しい匂いを放っている。

「ユノ。いいえ、ユノ殿下」

「殿下……？」

神官長の呼びかけはユノがまったく聞き慣れない

ものだった。

「斎宮候補に決定の由《よし》、お伝えするとともにお慶《よろこ》び申し上げます」

続けざまに神官長が思いも寄らないことを告げてきた。辺りに動揺が走る。

「斎宮候補……？」

舌が縺《もつ》れたようにその単語を繰り返すことで精一杯だった。

「ま、待って下さい。殿下とか斎宮候補とか、どういうことなんですか」

見兼ねてイーサが聞いてくれる。ユノは何度も頷いて神官長を見た。初老だが犬族らしく精悍な容貌の神官長は顔を上げ、驚いた顔になる。

「もしやまだご存知ないのですか？」

心当たりのないユノは頷いた。神官長は一瞬だけ眉間に皺を寄せて遠くを見遣《みや》り、何か考えを払うようにゆるりと頭を振った。再びユノに向き合った顔は真剣な表情を浮かべていた。

「ユノ殿下が、先王陛下《へいか》のご子息でいらっしゃることが明らかにされたのです」

「僕が？　まさか。何かの間違いじゃ」

「いいえ。アルド神官がその証《あかし》を示しました」

「アルド？　証って何のことです？」

「指輪です。内側に王家の紋章が彫られている」

ユノの脳裏に青い石の指輪の存在が閃《ひらめ》く。母の形見だ。もう随分見ていないけれど、内側に紋章があって、きっと父から贈られたものに違いないと思うと複雑で、アルドに預けてあった。

「あれが、王家の……？」

アルド。確かにユノは父親のことを知りたくないと言ったが、そんな重大なことを隠していたなんて。そして、ユノに何も言わずに勝手に明らかにしてしまうなんて。

「あ、あれは」

また周囲がざわめく。大勢の文官と兵士を引き連れて壮年の男性がやってきた。黒髪黒瞳の只人だが、豪奢な衣装といい、高貴な雰囲気といい、普通の人間ではない。

「お前がユノか」

陛下、と誰かが口にした。

「国王、陛下」

ユノは慌てて頭を下げようとした。だが、神官長達と同様に畑に入ってきた国王に両腕を取られ、それを阻まれる。手にしていた雑草が乾いた土の上にぱさりと落ちた。

「そなたが私に臣下の礼をとる必要はない。私達は兄弟だ」

国王は土に汚れたユノの顔をじっと見下ろしてきた。

「兄弟……」

髪の色こそ同じだが、背格好も顔立ちもユノとはあまり似ていない。だがそれはユノが母親似だからおかしくはない。

「そうだ」

国王は柔らかく目を細めた。

「会えてよかった。そなたがいてくれてよかった」

異母兄と名乗る国王はユノよりも十歳以上も年上だ。突然湧いて出てきた異母弟に会えてよかったという台詞《せりふ》には違和感がある。

「僕は、王族なんかじゃ……」

「いいや。間違いない。会って確信した」

一体何を確信したというのか、ユノにはわからない。

「これまで存在を知らなくてすまなかった。亡き父も何も教えてくれなかったのだ」

「……違う。違います、僕は……」

なんと言えばいいのかわからず繰り返す。

「急なことで混乱しているのだな。おいおい理解できるだろう」

国王は優しげな声でユノの手を力強く握ってきた。痛くはなかったが、否定するなと威圧されているように思えて仕方ない。

「どうか、只人と獣人との架け橋になってくれ」

国王の懇願するような声を、ユノはどこか遠くに聞いていた。

＊＊＊

「ユノ殿下、何かお召《め》し上がりになりませんか？」

ユノは頭を振った。

斎宮候補に決められてからすぐユノは王城に連れてこられ、ユノのために用意されたという部屋に閉じ込められた。もちろん、檻《おり》に入れられたわけでも部屋に鍵が掛かっているわけでもない。部屋は広くて豪奢で居心地よく整えられているし、専用の広い中庭もある。でもユノはどこにも行けない。そもそも行く当て自体、アルドの屋敷しかないのに、アルドはユノをここに追いやった当事者の一人だ。逃げてもすぐに連れ戻されるだろう。

「せめて一口だけでも」

先程からユノに話しかけてくるのはユノ付きの侍《じ》女《じょ》となったレニエという女性だ。イーサと同じ兎の獣人だ。茶色の垂れ耳なのだが、ますますしょんぼり垂れているようだった。

「食欲がないんです」

ユノは再び断って、手触りのよい布が張られた寝椅子の上で両膝を抱えた。

ユノの母のセイナは地方貴族の娘で、叔母の嫁ぎ先である獅子族の高位貴族の屋敷で行儀見習いをしていた。そこまではユノも知っている。

国王が自身もつい最近知ったと話すのには、王妃《おうひ》を亡くして傷心だった先王は幼《おさな》馴《な》染《じ》みでもあったアルドの父の家にお忍びで訪れて偶然母と出会い、恋に落ちたらしい。やがて母は子供を身籠った。それを先王が知っていたか否かは定かではないが、母は実家にも帰らずに一人で産み育てる道を選んだそうだ。国王と釣り合わない身分だったからか、それとも只人と獣人だったからか。母が自分から身を引いたのか、先王の方がそうしろと命じたのか。

何があったのかはわからない。先王も十年前亡くなっていて……母が死んだすぐ後だ……真実を知る者は誰もいない。いや、もしかしたらアルドだけは知っているのかもしれないが。

「アルドはまだ来てくれないの?」

レニエは申し訳なさそうな顔になった。会いたいと連絡してもらっているが、忙しくてすぐには行けないと伝言が来たきりだ。

「殿下。明日は〈導き〉の選定もあるのですよ」

「〈導き〉……」

ユノはその言葉を繰り返して絶望した。

「ですから、少しだけでも」

「いらないって言っている」

突然の事態。慣れない環境。そして〈導き〉。ユノはつい冷たく低い声で応じてしまった。レニエが怯《おび》えた顔をした。ユノは罪悪感でいっぱいになる。

「ごめんなさい。……一人にして下さい」

レニエは悲しそうな表情になり、ユノの言う通り部屋から出ていった。

ユノを不安にさせる〈導き〉とは斎宮候補を斎宮へと導く者のことだ。獣人の神官から選ばれ、斎宮候補が四つ耳になるための儀式を主導する。

「どうしてこんなことに……」

自分の父親のことも、斎宮候補になったことも衝撃的だったが、ユノが今一番不安を抱いているのは〈導き〉との儀式のことだ。

儀式は満月の夜。只人には劇薬で、獣人には無毒の秘薬が使われる。まず〈導き〉が秘薬を飲み、自身の身体で毒性をなくして斎宮候補に与える。それを斎宮候補が完全な四つ耳になるまで、満月の日ごとに続ける。

「嘘だよね……? こんなの、悪い夢だ」

ユノは感情のまま言葉を零した。儀式なんて受けたくない。

〈導き〉の飲んだ秘薬の成分は〈導き〉の体液に混

じる。〈導き〉は斎宮候補にその秘薬入りの体液を与えるのだ。秘薬は外気に触れるとすぐに効果を失うため、〈導き〉の体液は直接斎宮候補の身体の中に注ぎ込まねばならない。儀式が要は性交であることはユノですら知っている公然の秘密だ。

〈導き〉は男性で、斎宮候補は女性であっても男性であっても構わない。むしろ百年ほど前の男性の斎宮の時代に斎宮と〈導き〉であった神官が非常に仲がよく、国が栄えたことから、最近は男性同士である方が好ましいとされている。前斎宮も男性だった。

自分が斎宮になるなんて考えたことのない頃のユノは、儀式をとても神聖なものだと捉えていた。だが、明日にも〈導き〉の選定をと言われると、儀式が急に生々しく感じられ、酷い嫌悪感を覚えた。

「殿下、失礼します」

出ていったレニエが戻ってきて、遠慮がちに声をかけてくる。

「神官のアルド様がおいでです。お通ししてもよろしいでしょうか」

「通して下さい」

やっと来てくれた。ユノは縋るような思いで即答する。

レニエが再び扉を開けると、アルドが部屋に入ってきた。

いつも通り優れた体躯《たいく》に神官服をきっちり着こなし、静謐《せいひつ》な雰囲気を纏っている。それどころかいつも以上に無表情で、ユノを見てそっと金色の目を伏せた。

「アルド。あの……」

アルドの冷たい態度を前にして急にどうしたらいいのかわからなくなって、小さな呼び声になった。聞きたいことを沢山考えていたはずなのに何からどう言えばいいのかわからない。

そんなユノとは反対に、アルドはそつのない仕草で、神官が王族に対して行う敬礼の姿勢を取った。神官の絶対の主人はノワ神のため、王侯貴族に対する敬礼は深く腰を折って頭を下げる一般人のそれとは異なっている。両膝を一度屈め、頭を下げる。

「殿下におかれましてはご機嫌麗しく」

かつてアルドにこんな態度を取られたことはない。慇懃《いんぎん》な言い様が、ユノの動揺を大きくした。

「どうして、そんな態度」

声が震えた。

「アルド、僕は」

「殿下は王族であらせられます。これまでの私の態度がありえないものだったのです」

「そんなの……」

「殿下がお望みであれば、不敬罪でこの身をいかようにも処分していただいても構いません」

「アルド！」

大声が出た。

「処分なんて望んでない。僕が知りたいのは、僕の父親が本当に先王陛下かってことと」

「間違いありません。殿下のお父上は、先王陛下です」

アルドは顔を上げた。金色の瞳がユノを射貫《いぬ》く。

「セイナ、いえ、殿下の母君が行方をくらます前に、私にだけ打ち明けてくれました」

「お母さんが？」

「ええ。先王陛下は、生まれてくる子供が只人なら自分のもとで育てたいと仰《おっしゃ》っていたそうです。しかしそうすると王家に入れない母君はあなたを手放さなければならない。母君はそれを許容できないから、先王陛下のもとを去ると」

母は父よりも自分を選んでくれたのか。その思いに胸が熱くなる。

「殿下が王都に来られた後、私は一度だけ先王陛下にお会いする機会に恵まれました」

「え？」

「私が只人の子供を引き取ったことがお耳に届き、内密に呼ばれたのです。先王陛下は母君の最期と殿下のことを一通り尋ねられた後、当時のことを教えて下さいました。母君がお腹の子と共に行方をくらましたことについて先王陛下も随分悩まれたようですが、公にして捜索すれば母君の決断を無にしてしまうからと秘することにしたそうです。お話をさせていただいた日から少しして、先王陛下は亡くなられました」

何も知らなかった。母のもとで伸びやかに暮らし、アルドの屋敷で大切にされて。ユノの中の朧《おぼろ》げな国王の崩御の記憶が、突然父という存在を失った日に書き換わってしまう。

「どうして教えてくれなかったの？　ううん、そうじゃない」

教えてくれなかったのはユノが望んだからだ。アルドに本当に聞きたいことはそれじゃない。

「僕のこと、国王陛下に知らせたのはアルドだって本当？」

「はい」

ユノは息を呑《の》んだ。

「それ、なんで先に僕に相談してくれなかったの？」

もし斎宮候補になることが不可避なのだとしても予《あらかじ》め知ることができていれば覚悟くらいはできたと思う。

「お母さんも……お父さんも秘密にしていたのに。それに僕とも約束してくれたよね？」

母がアルドに宛てた手紙でも、母はユノの出生の秘密を誰にも知らせないで欲しいと書いていたらしい。ユノも知りたくないならアルドが自身の胸だけに一生秘めておくと約束してくれた。

「それなのに、どうして今さら」

相変わらずアルドは無言のまま頭を下げている。

「アルド、どうして……？」

何度繰り返してもアルドは何も答えない。怒っているはずなのに涙が溢れてきた。ぼろぼろ零れる涙を袖口で拭い、ユノはぼやける視界でアルドを睨み据えた。

「なんとか言ってよ……」

震える声で告げると、やっとアルドは顔を上げた。金色の瞳は静かで、何を考えているのかわからない。慇懃な態度だけでなく、こんな無感情な視線を向けられるのも初めてだ。

「殿下の母君がご自身の亡き後も殿下の出生を秘密にしたがったのは、新たな王族の登場でこの国の中枢に混乱をもたらさないため。そして殿下に王族という大きな責務を背負わせたくないと考えたからです」

母の気持ちは理解できた。

「それなら秘密のままでよかったじゃないか」

「十年前とは状況が違います。この国には斎宮が必要です。私はこの国の神官として、只人と獣人の融和のため、真実を告白したまでです」

ユノの質問に対する答えにはなっていない。そうじゃないとユノは涙を零す。

「もう三年も斎宮が不在なのです。とうとう傍系の王族を斎宮候補にとの声が上がってしまいました。直系から遠く離れた斎宮候補がどのような思想を持っているかもわからない。そのようなことはなんとしても阻止せねばならない。緊急事態だったのです。それに引き換え、あなたは神学生でノワ神の教えをよく理解している」

相談する暇もなかったという意味か。それでもと思う気持ちと、それ以上の答えはないのだろうという理性にユノは唇を噛み締める。自分が感情的になってもアルドは決して態度を変えないだろうという確信がある。

「そこまでして斎宮って必要？　もう何百年も獣人と只人は共存共栄しているのに」

ユノは自分の激情を抑え込んでアルドに問いかけた。

「必要です」

迷いなくアルドは即答した。

「この国の王族は只人です。統治者の一族が四つ耳になり、神職の特別位の斎宮になることによって、王族は獣人に敬意を払う形になっているのです。斎宮が不在ということは、只人が獣人を蔑《ないがし》ろにしているということです」

「四つ耳に特別な力があるわけじゃない。斎宮なんて形だけのことじゃないか」

「形がどれだけ重要か。形を失えばそれは争いの口実になってしまうのです」

「口実？」

「獣人が只人より体格や身体能力に優れていることが多いのはご存知でしょう。その昔、只人と獣人が争っていた時代には只人には獣人の持たなかった知恵や技術があったし、種族が千差万別なために一枚岩ではない獣人と比べて結束力が高かった」

初等教育で学ぶことだ。この国の誰もが知っている。只人と獣人、それぞれの勢力は拮抗《きっこう》していたが、最終的には今の只人の王家が統一を果たし、共存の道を進み始めた。

「けれど融和が進み、只人の知恵や技術は獣人にも行き渡りました。融和が進み過ぎたのです」

アルドは融和が進むことがまるで悪いことのように語る。ユノは緊張から生唾を飲み込んだ。

「いつしか獣人の中に能力的に優れている自分達こそこの国を支配すべきだと考える者が出てきたのです。一方、只人の中には未《いま》だに獣人を獣の性《さが》を捨てきれない下等な生き物だと見下す者もおります。本来、獣人と只人とは相容《あいい》れないものなのです」

「まさか」

「事実です。殿下が暮らされていた屋敷や神学校ではそういう思想の者は稀《まれ》ですから、ご存知ないだけです」

アルドは淡々と語るが、ユノには信じられなかった。ユノが知る獣人は皆只人のユノに優しくしてくれた。自分は周囲に恵まれていただけなのだと言われても、実感が湧かない。

「殿下の母君が先王陛下の前から姿を消し、秘密裏にあなたを産み育てたのも、母君が獣人だったからです。王家は只人の一族。獣人が嫁ぐことはできない」

そんなことはないとは言い切れなかった。確かに、王家に獣人が嫁いだという過去の記録をユノは知らない。

「国王と斎宮候補は只人でなくてはならない。その形が、この国の礎《いしずえ》となっているのだから」

アルドが王家のあり方を感情を乗せずに語れるのは、アルドが貴族の出だからだろうか。貴族は叙《じょ》爵《しゃく》された初代が只人の血筋なら只人しか、獣人の血筋なら獣人しか継げないことになっている。だから貴族の当主は余程のことがない限り只人と獣人で結婚することはない。

疑問に思ったことはなかったが、同じ親の子供でも只人か獣人かで家を継げるかどうかが決まるのは、差別、区別ともとれる。ユノは融和が絶対のものではなかったと今になって理解した。

「ノワ神の教えに反するような思想を持つ獣人、只人共に、この三年で急激に増えているとの調査結果もあります」

そんなのただの偶然だとユノにはもう言えなかった。呆然とするユノにアルドが続ける。

「それに殿下のためでもあります」

「僕の、ため……？」

「斎宮となればご身分は一生安泰ではありませんか。しかも殿下がなりたいと仰っていた神官のさらに上のお立場です」

そのアルドの言葉は一つも理解できなかった。

「僕はそんなこと望んでない！」

ユノは神官として出世したかったわけではない。

「殿下は人の役に立つために神官になりたかったのでしょう？　ならば神官だろうが斎宮だろうが同じようなものでは？　あなたが拒否すればこの国の未来が危ぶまれるのですよ」

「そんなの……」

どうでもいいとは言えなかった。アルドの言葉が本当なら斎宮は必要だ。人々を手助けする神官になりたいのに、人々の心の支えになる斎宮は嫌だなんて自分勝手なんだろうか。

「でも斎宮になるなら、僕は男に……お、犯されなきゃいけない」

「……そのようなお言葉はいかがなものかと。あくまで〈導き〉との行為は儀式です」

アルドの正論はユノを痛め付ける。

「名前が変わったってやることは一緒じゃないか。……男に抱かれるなんて、絶対に嫌だ」

心の内を吐露しながら涙が出そうになった。好きでもない相手にどうして抱かれなければならないのか。

「〈導き〉の選択権は斎宮候補にございます。殿下がこの者でと思う相手に出会えるまでは拒否すればよろしいかと」

「っ……。じゃあアルドが〈導き〉になってよ」

そんな言葉が勝手に口を衝《つ》いて出た。アルドの表情が初めて変わった。金色の瞳が見開かれ、丸い耳が僅《わず》かに動く。いい気味だとユノは思った。結局溢れてきてしまった涙を手の甲で拭う。

アルドが男色家を疎《うと》んじていることをユノは知っている。偶然だったけれど、アルドが男性に告白されたときの答えを聞いてしまったのだ。

あれは夏の盛りだった。

アルドは毎年の夏の休暇を郊外の別荘で過ごす。ユノは神学生で既に入寮していたが、長期休暇は一緒に過ごすというアルドと交わした条件の一つで別荘に滞在していた。

別荘は湖畔にあって、広い庭を備えている。ユノはアルドとはなるべく顔を合わさないように日中は自室や庭で過ごすことが多かった。薄曇りの蒸し暑い日、庭の東屋《あずまや》で涼んでいたら、アルドが近付いてくる気配がしたので慌てて木陰に隠れた。アルドを追って誰かがやってきた。綺麗な男の人だった。ユノが息を殺してじっとしている間に、その男の人は、アルドに告白した。

聞いちゃいけないと思うのに、ユノは動けなかった。

アルドは即座に断った。その瞬間にユノは安堵した。断ったからといってユノがアルドと付き合えるわけでもないのに。

けれどその人は身体だけでもとしつこく食い下がった。

『私は快楽のために男を抱いたりしない。さっさと出ていけ』

告白した男性は泣きながら去っていった。アルドの冷たい声は、既にアルドへの恋を自覚していたユノの胸も抉《えぐ》った。

そのときの気持ちを思い出しながら、ユノは震える声で挑発した。

「アルドも僕と同じ苦しみを味わえばいいんだ」

自分の意思に反して、好きでもない人と抱き合わなきゃいけない苦しみを。

「僕はアルドを〈導き〉に選ぶ」

しかしユノにはそれが不可能だとわかっていた。将来有望な神官で、容姿と才覚に恵まれたアルドに〈導き〉の資格があるはずがない。〈導き〉は、斎宮候補と同様に、性交渉の経験がないことが求められるからだ。

ユノが誰とも経験がないことをアルドは知っている。それは神学校に行くための条件の一つだった。進学する以上は学業に集中する。正式に神官になるまで誰とも付き合わない。

その条件がなくてもユノは誰とも付き合う気がなかったから、深く考えずに了承したし、その通りにした。だからユノには斎宮の資格がある。

けれどアルドは。アルドに恋人を紹介されたことはないけれど、アルドを好きな女性は沢山いたし、出会うより前のことは知らない。獣人は早熟で性に奔放なきらいがあるのは有名な話だ。特に獅子族は獣の獅子の習性を引き継いだのか多情な人間が多いという。母が好きだったなら女性は恋愛対象のはずだし、説教の後にはいつだって綺麗な女性に囲まれている。

「本気で仰っているのですか？」

アルドの金色の視線がユノに突き刺さった。

「本気だよ」

不可能だから。だから、せめて言わせて欲しい。馬鹿なことをと一笑に付されたって、言わずにはいられなかった。

アルド。ユノの唯一の家族。ユノの一生叶わない初恋の相手。ユノを他の男に差し出す酷い人。

「畏《かしこ》まりました」

それなのにアルドは自身を落ち着けるかのような深い溜息を一つだけ零し、冷静な顔で頷いた。

「え……？」

「神官長、聞いておられましたか？　殿下は〈導き〉をお選びになった」

「あ、ああ。確かに、正式な選定と認められる」

アルドの後ろから困った様子の神官長が入ってきて頷く。

「アルド、何言って……？」

ユノは惚《ほう》けた顔で聞き返した。

「私は既に〈導き〉の候補に名乗り出ている。適齢期の有資格者の義務だからな。だから神官長の前での今のお前の発言は正式な決定となる」

言葉遣いが変わった。王子ではなくユノに対してアルドは告げてきた。お前が選んだのだと、力の籠った視線がユノに向けられる。慇懃さが消えて、周囲を圧倒する獅子特有の迫力が滲み出ている。

「嘘。だって、〈導き〉は、清童にしか資格がないはずで」

そんなわけがない。アルドが童貞なわけがない。

「私に資格があったらおかしいか？」

アルドは目を細め、ユノに問いかけてきた。

「私にはこの十年、恋人がいなかったことは誰よりお前が知っているだろう？」

呆《あき》れた様子だ。

「それは僕が知らないだけで」

ユノの母を想い続け、正式な恋人を作らなかった。

神官は妻帯を許されているが、一方でノワ神への信仰に全てを捧げて結婚しないことも美徳とされているから、結婚について煩く口を出されないために神官になった。屋敷の使用人達の話を総合するとそうなる。

「知らないということはいないということだ。違うか？　それに、斎宮候補と〈導き〉共に性交渉の経験がないことは必須条件だが、それは秘薬の効果とは関係ない」

「関係ない……？」

「長い歴史の中で、その方が融和の象徴としての斎宮の存在価値が増すからと決められただけだ。二人とも初体験なら神秘性が高まるとは思わないか？」

ユノは口籠った。確かにその通りだ。自分の身に降りかかるまで生々しい感情を抱かなかったのはそのためも大きい。

「それに斎宮候補が女性の場合は妊娠する可能性もあるからな。肉体関係のある恋人がいるのに他の男の子供を身籠るのは大変な問題だ」

「そんな……」

現実的な理由にユノは息を吞んだ。

「神官長、儀式は満月の日でしたね。次の満月は三日後。早速、その日に最初の儀式を行いたく思います」

「三日後」

再び息を吞んだユノをアルドが冷たく見遣る。

「決まったのだから横槍《よこやり》が入らないうちにすぐ始めるべきだ。人々のためにも。違うか？」

違うとは言えなかった。

「殿下、殿下は本当にそれでよろしいのですね」

アルドの言葉を受けた神官長がユノに確認をとってくる。ユノには拒否権がある。でも、拒否したところで、別の候補を選ばなければいけないだけだ。

いつまでも拒否し続けられるものでもないだろう。

それに。

「いいです。……誰でも嫌だからアルドにする」

ユノは両拳を握り締め、アルドを見ずに応じて、嘘を吐いた。

神官長は溜息を零す。

「正直、再考を勧めたいが、両人がよいと言うなら、私には反対することはできない。それに斎宮が早く誕生すること自体は歓迎すべきことだ。準備を進めましょう」

神官長は眉間に皺を寄せて頷いた。第三者から見れば、険悪な二人が互いを傷付ける目的で合意したようにしか見えなかっただろう。

「ユノ殿下。どうぞよろしくお願いいたします」

神官長とアルドが揃って礼をしてくる。

ユノの道は自分の意思に反して決まってしまった。

＊＊＊

「ああ、もう少し詰めた方がよさそうですわね」

ユノはレニエにされるがまま、ぼんやりと話を聞いていた。

レニエはユノの身分に相応《ふさわ》しい衣服を準備してくれている。ユノが年齢の割に小柄で痩せ型だったため、急遽《きゅうきょ》用意した服がどれも大きいらしいのだ。ユノにはそれほど大きいように思えなかったが、侍女の目からすると細かい部分こそ大事らしい。このままでいいと言ったら、笑顔でそんなことはできないと窘められた。

「しばらくは出来合いのもので我慢して下さいませ」

出来合いとは言っても、仕立ては丁寧で、生地は肌触りのよい絹だし、刺繍や飾り釦《ボタン》の細工一つとっても溜息が出るくらい見事だ。

「今、仕立屋が大急ぎで殿下にぴったりのご衣装を作っておりますから。それに儀式が始まれば、生えてくる尻尾に合わせたものをその都度作っていくことになります」

　自分の尻に尻尾が。ユノは服の上からこっそり尾てい骨の辺りに触れてみた。当たり前だが今そこには何もない。

「殿下にはどんな獣の特徴が現れるのでしょうね。熊なんかは耳も尻尾も短いから儀式も早く終われそうですけれど、殿下の繊細な美貌からすると、熊ではないような気がします」

　レニエはうきうきしている。

　繊細な美貌という言葉にユノは眉を顰《ひそ》めたが、反論するのも億劫《おっくう》で無言を通した。

　普通、斎宮候補は、自分にどんな耳と尻尾が生えてくるのか楽しみにするものなのだろうか。ユノにはそんな心の余裕はない。

　秘薬で生えてくる耳と尾は、その人物の根幹に根ざしたものになるとも言われている。今の自分の気分では、棘棘《とげとげ》の尾でも生えてくるのではないだろうか。そんな自分の姿を想像して、ユノはちょっとぞっとした。全身が棘で覆われているという豪猪《やまあらし》を見たことはないが、もしそうなれば自分で自分を刺してしまいそうで怖い。

「それから御髪《おぐし》ですね。とてもお綺麗な黒髪ですけれど、毛先を少しだけ整えましょう」

　服の次は髪を確認される。

「お肌は……。とてもすべすべしていらっしゃいますね。そう言えば、殿下はアルド神官のお屋敷で暮らされていたとか？」

「それが？」

　アルドの名前が出てきたのでつい冷たい声になった。ずっとこの調子なので、さすがに慣れてきたのか、レニエは苦笑で応じる。

「アルド神官のご実家は由緒ある高位貴族なので、身の回りのものには拘《こだわ》られていたのだなあと」

　アルドが高位貴族の出身なのは知っている。ファイスト伯爵家という古くから王家を支えてきた獣人系貴族の出だ。アルドの両親と兄達にも何度か会ったことがある。特にアルドの母はユノの母の叔母だからとよくしてもらった。

「髪やお肌のお手入れには何を使っていらっしゃいました？」

レニエに聞かれて、ユノは思い出した瓶の形や匂いを単語だけで告げる。

「まあ、それはそれは。王族の方も使われるような品ですわよ。さすがアルド神官はよくご存知でいらっしゃる」

そんなにすごいものだったのか。確かに屋敷はなんだか高級そうなもので溢れていた。髪や肌の手入れ用のものも沢山あって、ユノはアルドから指定されたものを使っていただけだ。神学校の寮にも屋敷の使用人が同じものを届けてくれた。自分の縁故として身なりには気を使うように。それも神学校に入るときに飲んだ条件の一つだった。

「あら、お客様がいらしたそうですわ」

レニエは他の侍女から声をかけられ、ユノから離れる。

まさかアルドかと身構えたユノだったが、告げられた名前は友人のものだった。お会いになりますかと聞かれて、ユノは即座に頷いた。

「イーサ」

黒い兎耳が興味津々《しんしん》な様子でぴょこぴょこ揺れている。そんな仕草にユノはちょっとだけ癒されて、涙ぐんでしまった。

「ユノ！　あ、いや、ユノ殿下」

「やめてよ、イーサ。いきなりこんなことになって混乱してるんだ。君にまで王子扱いされたらどうしていいかわからない」

「そう？　じゃあ」

イーサは聞き入れてくれた。レニエは困った顔をしていたが何も言わずにいてくれる。イーサはユノが心配だからと神官長に直訴して訪問の許可を取り付けてもらったらしい。イーサの気持ちがありがたかった。

ユノはイーサに椅子を勧め、自分もその向かいに座る。「うわーふかふかだ」とイーサは椅子の上でぴょんぴょん飛び跳ねた。そんなイーサだが、神学校の成績は非常に優秀だから面白い。

神学生には、ユノのように経済的な自立を目指す者かアルドのように貴族の次男以下が多い中、イーサは王都の裕福な商家の長男で、実家を父の後妻の子供である弟に継がせたいからと神官を目指した変わり種だ。

「それにしても、ユノは本当に王子様だったんだな」

「……うん。そうみたい」

「でもなんかわかる。ユノって綺麗なんだよな。顔は美人だけど、それだけじゃなくて品とか風格みたいなものがあるんだよ」

イーサは一人でうんうん頷く。

「そんなはずないよ。僕は八歳までは田舎で泥んこになって遊んでたんだし」

「ユノも知らなかったのか?」

「全然。でも間違いないって。母さんがアルドだけには知らせてたみたい」

「アルド神官……」

イーサはユノに目配せをしてきた。何か内緒話があるのだ。ユノはピンときて、レニエに声をかけた。

「レニエさん、少し二人にしてくれますか?」

昨日までただの庶民だったユノは、年上の女性に命令なんてできない。屋敷の使用人達にしていたようにお願いしてみると、レニエは困った顔で頭を振った。

「殿下は斎宮候補となられました。〈導き〉以外の男性と二人きりにするわけにはまいりません」

「そんな……」

ユノの自由はいよいよなくなったらしい。友達と二人きりで話すこともできないなんて。

「わかった。じゃあ、なるべく離れていて下さい」

それならとレニエは部屋の隅に移動してくれて、イーサが卓上に兎耳の根元を手で押さえてくれた。イーサが卓上に身を乗り出すようにしてユノに囁《ささや》きかけてくる。

「ユスリナ子爵という方、アルド神官のお父上のファイスト伯爵と政治的に対立している人物なんだけど、そのご子息のイネス様も神官で、父親と同じようにアルド神官を敵対視していて、出世争いをしているんだ」

イーサは耳の大きな兎の獣人らしく情報通だ。神学校でもどこからそんな情報を仕入れてきたのだと驚くようなことをいくつも知っていた。

「出世……？」

世俗と切り離された神官の間でも派閥はある。神官長や〈導き〉ともなれば、王族に負けず劣らずの栄誉ある地位であるし、世間への影響力も大きいから世の権力者達と密接な関わりを持ったりもする。

「これまではアルド神官が負け気味だった。だけど今回、アルド神官がユノの出生を明らかにしたために、一気に優勢に立ったらしい」

ユノが神学校に入学した頃から、アルドは朝から晩まで働き詰めで、積極的に説教を担当したり、上役の神官の補佐をしたりするようになったのは知っていた。

「アルド神官とイネス神官は昔から因縁《いんねん》があるみたいでさ。最近は出世争いや足の引っ張り合いも随分あからさまになってきたらしい。少し前なんて、取っ組み合いの喧嘩《けんか》になりかけたとか」

「アルドが取っ組み合いの喧嘩？　本当に？」

「本神殿の廊下だって。目撃者に直接聞いた」

「そう、なんだ……」

いつも冷静なアルドが他人と争ったり喧嘩したりするなんて信じられない。でもイーサが嘘を吐く理由もない。アルドが働き詰めになっているのは神殿のため、信者のためだと思っていたが、そうではなく、自身の出世のためだったのか。

「そっか。僕のこともいつか出世に利用するつもりだったりしてね」

深く考えずに口にして、ユノはそうかと思った。

アルドは最初から利用するつもりでユノを引き取ったのだ。だから事前にユノの了承を得ることなく斎宮候補として王家に差し出した。拒否する暇を与えないように。思い付いてみたらそうとしか思えなくなってくる。

「っく」

突然辿り着いた答えに涙が溢れそうになった。先王の子供なんて政治的に見れば利用価値の塊だろう。

ユノを憐《あわ》れと思ったからでもなく、母に頼まれたからでもなく、利用価値がありそうだから傍《そば》に置いて優しくしてくれた。考えが悪い方へ悪い方へと進んでしまう。

「ユノ……」

信じていた。大好きだった。ただ一人の家族だった。いつか認めてもらえるような人間になりたいと思っていた。恋は叶わなくても、恩返しがしたかった。でもアルドにはユノの地道な恩返しなんて不要なものだったのか。

「そんなの、酷い」

悔しくて悲しくて、それを全部アルドに対する恨みに転化しないと、ユノの心はもちそうになかった。

イーサが無言で肩を叩いてくれる。

「殿下、アルド神官がお越しです」

思わず親友に縋って泣きそうになったところで、レニエが控えめに声をかけてきた。ユノの身体が一瞬で強張る。

「会いたくない」

ユノはきっぱりと断った。

「そういうわけにはまいりません。本日は儀式前の準備の日ですので」

アルドは勝手に部屋に入ってきた。そして椅子から勢いよく立ち上がったイーサをじろりと睨む。

「イーサ、だったね。君は帰りなさい」

アルドとイーサには面識がある。イーサはアルドのことを尊敬しているが近寄り難《がた》い印象を持っているらしい。

「は、はい！」

「イーサ」

上擦《うわず》った声で答えたイーサを、ユノは思わず呼び止めていた。

「また来てくれるよね？」

「ああ。またな」

イーサは笑顔で頷き、アルドの視線を気にしながら出ていった。レニエも部屋を出ていって、二人きりになる。

「禊《みそぎ》はもうやったはずだけど」

ユノは椅子の上で膝を抱えた格好のまま、無愛想に告げた。昼間のうちに王城内の簡易な祈りの間でノワ神に祈りを捧げ、沐浴場《もくよくじょう》で身体を清めた。

「斎宮候補が男性の場合、儀式の前日に〈導き〉が身体の準備をするという決まりになっております」

「準備？」

「そうです。こちらへ」

アルドは丁寧な言葉使いとは裏腹に、ユノの腕を掴み、強い力で引っ張っていく。

「な、なに？　アルド」

行き着いたのは寝室だった。

「脱いで下さい」

向かい合う格好でアルドはユノを見下ろして告げてきた。

「は？　な、なんで？」

「準備をすると申し上げました。儀式で私を受け入れるための」

そこまで言われてユノは理解した。

「な、な……っ」

羞恥で顔が真っ赤になる。

男同士でどうするか。ユノも知識では知っている。本来受け入れるための場所ではないから、受け入れるためには準備が必要になる。

「男性の斎宮候補の事前の準備は、百年ほど前の代から〈導き〉の役目と決められました。もし、この作業で斎宮候補と〈導き〉の相性が悪ければ、〈導き〉を選びなおすこともできます」

「っ」

「受け入れていただくか、他の者を選んでいただくか。どちらかをお決め下さい」

説明だけを連ねる淡々とした物言いに、ユノは拳を握り締めた。

「アルドは男相手にそんなことができるんだ？」

「選ばれたのは殿下です。私は〈導き〉の義務を全《まっと》うしているだけです」

抑揚のない言葉がユノを痛め付ける。悲しくて、悔しい。

「〈導き〉になったら派閥争いでもっと有利になれるから？　イネス神官にそんなに負けたくないんだ」

イーサの言葉を思い出しながらアルドの様子を窺《うかが》う。

「派閥争い？　ああ、イーサに聞いたのですか？」

そう聞き返しただけでアルドは否定しなかった。

ユノは信じ難い気持ちでいっぱいになる。青い瞳を見開いてアルドを見詰めたが、アルドの感情は窺い知れない。

「本当に僕を出世の道具に使ったの？」

そうに違いないと思い込もうとしながらも、心の奥底では信じていなかった。否定してくれるものだとどこかで考えていたのだ。

「違うと申し上げても、実際そうなっているのは間違いありません」

それどころかアルドは肯定した。

「私とイネス神官との仲がよろしくないことは事実ですし、今回のことで神殿内における私の発言力が増したのも事実です」

「神官が出世争いなんて……」

「殿下は何か考え違いをなさっているようですね。神官も、私も、人間です。欲望のない人間など存在しない」

「そんなっ」

ユノは唇を噛み締めた。

「アルドは、出世のためなら家族の僕も抱けるの？」

「今はもう殿下を家族とは思っておりません」

平坦というよりも冷たい声だった。

ユノを屋敷に連れてきた日、家族だと言ってくれたのはアルドの方だった。一体、いつから家族とすら思ってもらえていなかったのかとユノの心臓は凍り付く。溢れてきそうになる涙を必死に堪えた。

「じゃあ、質問を変える。出世のためなら男が相手でも抱けるの？」

「……〈導き〉の義務ですから」

権力を得るためなら信条すら曲げられるのか。

アルドは戦慄《わなな》くユノを一瞥《いちべつ》して、もう一度問いかけてくる。

「そろそろ進めてよろしいですか？」

「っ、勝手にして」

ユノは自棄《やけ》っぱちになって、衣服に手をかけた。留め具を全て外して足元に脱ぎ落とし、素っ裸になる。そこまではよかったのに急に不安になった。うっすら筋肉は付いているが、全体的に細くて頼りない。子供の頃はともかく、十八歳にもなってこんな貧相な身体を見られるなんて。両腕を交差させて腰に回し、アルドを窺う。

「貧弱な身体って思ってるよね」

ユノの問いかけにアルドは眉間に皺を寄せた。

「いいえ。細いけれど健康的なお身体だと思います」

「そんなお世辞言わなくていい」

「お世辞ではありませんが」

アルドは溜息を零し、床に散らばったユノの服を拾い上げて集め、寝台の脇に置いている椅子の背凭れにかける。

「寝台に俯《うつぶ》せになって下さい」

アルドに背を向け、ユノは言われた通り、寝台に寝転がった。寝台は神学校の寮の狭くて硬いものとは違って、広々としていて柔らかい。少しの間を置いて、後ろで寝台が軋む音がして、温かいものが背中に触れた。この体温と乾いた感触は知っている。

アルドの手だ。

「んっ」

ぞわっという感覚がした。アルドの手はゆっくり背中を降りていき、腰から臀部《でんぶ》の丸みをさらりと撫でていく。

「少し冷たいですよ」

何がと思った次の瞬間に、尻の間にどろっとしたものがかかってきた。言われたほど冷たくはない。

「う……」

「触ります。動かないで下さい」

たっぷりかけられた後に、濡れそぼった場所に手が触れてきた。

(アルドに、触られてる……)

尻の谷間に入ってきた指が中を確認するように動き、慎ましく存在している場所に指先が当たる。

「くうっ」

アルドの指の動きは優しい。窄《すぼ》まりの形を確認するように指の腹を押し当て、粘りのある液体をじっくりと塗り付けてくる。ぬちゅぬちゅと厭《いや》らしい音がとんでもない場所から響いてきて、ユノは歯を食い縛って寝台に顔を押し付けた。

「身体の力を抜いて下さい」

アルドの指が窄まりの中心を押してきたが、ユノのそこは頑《かたく》なに閉ざしてしまっている。できないと、ユノは頭を振って答える。怖かった。

「ユノ」

突然耳元で名前を呼ばれた。低い声が鼓膜を震わせる。吐息が耳朶《じだ》をくすぐってこそばゆい。鼻腔《びこう》を清々《すがすが》しい香りがくすぐった。アルドの香りだ。ユノが使っている石鹸《せっけん》と同じ匂いのものをアルドも使っている。でもアルドが纏うとアルドの匂いと混ざってすごく甘くて優しい匂いになる。深い森の中にいるようで、安心できる。昔からこの匂いが好きだったことを思い出し、ユノは泣きそうになった。

「身体の力を抜くんだ。できるな?」

「あっ」

耳元で囁きかけられて、全身を痺れのようなものが駆け抜けた。アルドの指が触れている場所がひくんと脈打つ。

「でないといつまでも終われないぞ。ゆっくり、呼吸をして」

アルドの声が優しい。本当は自分にこんなことしたくないくせに。そう思うのに、嬉しくなってしまう。こんなに優しく甘やかされるのはいつぶりだろう。まるで勉強を教えてもらっていた子供の頃のようだ。

でもそれも演技だった。今みたいに優しいふりをするのが得意なのだろう。神官としてのアルドはどんな人にも平等に優しく接する。ユノに対してもその他大勢と同じようにしていただけなのだろう。

「うっ、ふ……っ」

嬉しさと悲しさが綯《な》い交ぜのまま、詰めていた息を吐き、吸い込む。

「そうだ」

「あっ」

指先が中に少しだけ潜り込んできた。

「大丈夫だ。傷付けたりしない」

アルドの指がゆっくりゆっくりユノの中に侵入してくる。

「上手《うま》いぞ。そうだ」

アルドはいつの間にか敬語ではなくなっている。

子供の頃、アルドはいつもこうして勉強を教えてくれた。できないときはできるまで根気よく。できたら褒めてくれた。

小さなユノはアルドが大好きで。好きで好きで仕方なかった。アルドに褒められたくて一生懸命勉強したし、喜んでもらおうと手伝いも率先してやった。アルドは毎日何度も大きな手で頭を撫でてくれた。アルドの大きな手が好きでたまらなかった。その手が、今、ユノの身体の中を探っている。

「っ」

「ユノ?」

改めて認識した途端、ユノの身体はかっと熱を持った。無意識に身の内にある指を締め付けた。するとその形までわかったような気がして、ますます身体の熱が上がった。

「ここが感じるのか？」

アルドの指がその位置で内壁をぐるりと撫でる。

「っあ、ああっ」

本当にそこは感じる場所だったらしい。触ったことはないが、男の身体の中には前のものと直結する部分がある。男同士で性交するときはそこを突かれるとたまらなく気持ちいい。友人達から聞かされた卑猥《ひわい》な知識を思い出しているうちにユノの下肢にじんと熱が灯った。寝台に押し付けられている前の部分が硬くなったのをユノは自覚した。

「やだ、やめて」

たったこれだけのことで。いいや、こんな、心も通わないような行為で。ユノの心の中の怒りと悲しさが羞恥で覆われていく。

「アルド、も、やだ」

駄々を捏《こ》ねたユノの両手首が大きな手に摑まれて、後ろで重ねられる。そのまま腰に押し付けられて動きを封じられた。そのうえで中に入ったままのアルドの指が感じる部分を強く抉ってきた。

「あ……っ」

目の前に星が散った。ユノは全身をびくりと跳ねさせる。

「アルド、お願い、やだ」

「ユノ」

背後から強く呼ばれた。アルドがどんな顔をしているのかわからない。振り返ろうにも押さえ付けられていて、できなかった。

「お前が私を望んだんだ。もう後戻りはできない。既に秘薬の準備が始まっている。あれはとても貴重な薬で、儀式前にのみ調合される。一滴たりとも無駄にはできない」

秘薬と呼ばれるだけあって精製方法は門外不出だ。

只人に直接使えば劇薬であるし、面白半分で四つ耳を作ろうとする者が後を絶たなかったからだと伝えられている。そのため、代々の神官長にのみそれらの調合方法が口伝《くでん》で受け継がれるようになった。

「ユノ。斎宮の不在は人々の不安を煽《あお》る。今すぐ儀式を始めることが必要なんだ」

「わかってる」

ユノだって神学校で学んだ身だ。候補となって最初にアルドと話したときには必要かどうか問いかけてしまったが、斎宮という存在がどれほど重要であるか理解している。現王の王子、王女はまだ幼く、性的な内容そのものの儀式を行うことはできない。他に斎宮候補がいない以上、ユノに流れる王家の血はユノを逃さない。ユノが儀式から逃れる方法はないのだ。

アルドの思惑も、自分の感情も、置いておかなければならない。これは四つ耳を求める人々のためだと、自分に言い聞かせる。


「アルド、続けて」

「いいんだな?」

「いいから」

確認にもう一度同じ言葉で答えるのは無理だった。ユノは歯を食い縛って寝台に突っ伏す。

「んっ」

それでも力を抜くのは無理だった。アルドはユノの中を解《ほぐ》そうとしばらく頑張っていたが、やがて溜息を零してずるりと指を抜いた。

「これ以上は無理そうだ。明日の本番は他の方法を考えてくる」

静かに言われてユノの胸は冷たくて重い何かに押し潰される。アルドの気配が遠ざかって寒さに震えた。そのまま突っ伏していると、遠ざかったアルドがまた近付いてくる。

「あ……」

指で触れられていた場所に柔らかい布の感触が当たる。

「じ、自分でするから」

ユノは慌てて起き上がる。必然的にアルドと目が合ってしまった。薄暗い部屋でも輝くような金色の瞳に、泣きそうな顔の不細工な自分が映っていた。途端にアルドの眉間に皺が刻まれる。

「そんな様子では無理だろう」

金色の瞳は目線を下に逸らし、濡れた場所を労《いたわ》るように拭ってくれた。粗相した子供の世話のようだと思ってユノの青い瞳に涙が盛り上がった。二、三度そこを拭いた後、アルドはユノの上着を椅子から取ってユノの身体にかけてきた。

「今日はもう休みなさい」

触れるか触れないかの仕草で肩を叩かれる。

ユノはふと、アルドと出会った日のことを思い出した。濡れた身体に毛布を被せられ、よく頑張ったと言ってくれた。あのときの優しいアルドが偽物なんて思いたくない。きっとあのときはまだ、ユノを利用するなんて考えていなかったはずだ。


「アルド」

去っていこうとするアルドを呼び止める。アルドは振り返り、怪訝《けげん》そうな顔をする。

「あ……。なんでもない」

いつから自分を利用しようとしていたのか。聞こうとした瞬間に、もし最初から優しさは偽物だったと言われたらと考えてしまってユノは怖くなった。思い出までも汚される気がする。

「出ていって……」

嗚咽《おえつ》を堪えてそう言うのが精一杯だった。

＊＊＊

（ユノ）
アルドは王城のユノの部屋を退出して神殿に戻った。

先程のユノの白い裸体が網膜に焼き付いている。

（ユノ。私のユノ）

アルドの身体の最も奥深い底から愉悦と欲望が混ざったものがふつふつと湧き上がってきて、先程から尻尾と耳を動かさないようにするのに苦労している。

なんて魅力的に成長したのだろう。

健康的なんて無難に告げたが、本当は一瞬で目が離せなくなるくらい魅了されていた。

すんなりした手足も、潤んで見上げてくる大きな青い瞳も、少年らしさを残した高めの声も、おっとりした性格も。アルドにとって全部が好ましい。

指先にユノの肌の柔らかな感触が残っている。誰も知らない場所にアルドが今日初めて踏み入った。未知の感覚に怯えながらも必死に受け入れようとする姿のなんていじらしかったことか。

(あんなに小柄なのに、ちゃんと大人に成長していた)

欲して止まなかった身体を得る資格を、自分は与えられたのだ。

初めて出会ったとき、年齢は聞いていたはずなのにそれ以上に幼い外見で戸惑った。一人きりになって頼れるものはアルドしかいないと縋ってきた小さな手。あの子供が、あんなにも美しく成長し、自分が彼に執着してしまうなんて、当時は考えも及ばなかった。

「おやおや、これは〈導き〉様」

アルドが内心の歓喜を表には出さないまま明日の儀式のために神官長の待つ秘儀の間に向かっていると、声をかけてきた白い神官服の神官がいた。神官は二つの組に分かれて仕事を分担しており、神官服の色で組がわかるようになっている。

「イネス神官」

アルドは立ち止まり、ついと目を細めた。石造りの神殿の薄暗い廊下で、燭台の頼りない光を携えてアルドを待ち構えていたのはアルドとは浅からぬ因縁の只人の神官だ。イネスはぴったり撫で付けた明るい色の髪を神経質そうに手でさらに撫で付け、アルドに憎々しげな目線を向けてくる。

「何か御用でも？」

面倒な人間に見付かった。内心を隠し、アルドは平坦な声で応じた。イネスは眉根を寄せた。

「〈導き〉様は下々《しもじも》の者とはおしゃべりもできないと？」

相変わらず突っかかってくる。アルドは十五歳で神学校に入ったが、イネスは初等科から神学生だった。後から入ってきたアルドに成績を抜かれたことで自尊心を傷付けられたらしい。それなら一層努力をすればいいものを、無駄なやりとりをしたがる気持ちがアルドには理解できない。

「〈導き〉である前に私は神官です。ノワ神の下で尊卑はありません」

「さすがアルド神官。相変わらず綺麗ごとがお得意なようで」

イネスは嘲笑を浮かべる。暗い茶色の瞳の奥底にギラギラした光が宿っている。

「何が仰りたいのですか？」

せっかくの高揚感に水を差された気分でアルドはイネスをじろりと睥睨《へいげい》した。イネスが一瞬怯《ひる》む。

「っ！」

それでもイネスはアルドの襟元を摑んできた。イネスは只人にしては体格がよい方だが、それでも獅子の獣人であるアルドよりは一回り小さい。

「上手いことやられたなあと。まさかあんな隠し玉を持ってたなんて」

先に王家の傍系を擁して斎宮に据えようとしたのはイネスとその背後のユスリナ子爵家だった。ユノの登場で思惑が外れたことに腹を立てているのだろう。

「可哀想《かわいそう》な王子様ですよねえ。そりゃあ十年も世話になってたら、あなたの出世の道具に使われても文句の一つも言えないでしょうよ。挙句にあなたが〈導き〉ですって？」

イネスは畳み掛けてきた。アルドの表情は一層冷たく冴《さ》える。

「だんまりですか。つまらない」

イネスは乱暴な仕草でアルドの服から手を離した。

アルドは乱れた襟元を整える。

「用件がそれだけなら失礼する。急いでいるので」

今はこんな男に構っている暇はない。

舌打ちを背後に聞きながらアルドは廊下を急いだ。

神殿の奥の奥。小さな扉の前には若い男が立っていた。神官長付きの警護兵だ。彼はアルドを認めると、静かに扉を開いてくれた。部屋の奥にはさらに扉があった。

「アルドです。入ります」

「うむ」

中から神官長のいらえがあった。

アルドは扉を開いて中に入る。

石造りの狭い部屋だった。

暗闇の中、天井の明かり取りから月の光が漏れている。満月に一日足りない月だ。光の筋の下には様々な獣の彫刻を施された台座があり、硝子の小瓶が一つ置かれている。

「さあ、アルド。覚悟は出来ているな?」

杯の向こうで問いかけてくる神官長の灰色の犬の尻尾がぱさりと揺れる。

「はい」

アルドは台座の前に進み出た。小瓶を手に取る。

「これが秘薬ですか」

「そうだ。先程出来上がった」

月光に翳《かざ》してみれば、中で褐色の液体がゆらりと揺れる。

「斎宮候補は〈導き〉の決定権を持つが、〈導き〉はそもそも立候補制だ。やめるなら今しかないが」

神官長の言葉にアルドは首を振った。

「やめる気はありません」

脳裏に浮かぶのは先程のユノの姿だ。嫌だと言いながらも、〈導き〉として選んでしまったアルドの前で裸体を晒《さら》し、身体を委ねた。

あれが他の男に対して行われると考えるだけで、アルドは目の前が真っ赤に染まる思いがする。

「ユノを斎宮候補にしてしまった以上、どんな手段を使ってでも〈導き〉になるつもりだったので」

だが心とは裏腹に、淡々とした声で答えていた。

「お前は殿下に関することについては容赦がないな」

神官長はわけ知り顔で苦笑する。

「自覚しています」

アルドは取り繕うこともなく即答した。

「私はユノを他の男になんて、いや、男にも女にも誰にも渡さない」

アルドの気持ちを唯一知っている神官長はなんとも言い難い表情で目を細める。

「お前も変わったものだな。初めて会った頃は何にも興味を示さない子供で、なのに出来だけはよくて。他人を好き嫌いしない分、他者に平等に接する神官に向いているとは思ったが、教え子としては扱い難《にく》いことこの上なかった」

「神官長にはお世話になりました」

自覚はあったのでアルドは無感情に礼を述べた。

神官長はアルドの師だ。神学校の頃から師事していて、ユノの世話をする時間を確保するために仕事の予定も融通してくれた。そしてユノの出生の秘密をアルド以外で唯一知る人物でもあった。というのも、先王がアルドを秘密裏に呼び出すのに神官長を介したからだ。先王が病床で祈りを捧げたいからと神官長を呼び、アルドがそれに付き添う形で会談は実現した。

「殿下のこと、秘密にできずにすまなかったな」

イネス達の企みに気付いた神官長は、ユノを斎宮候補にしたいとアルドに頼み込んできた。

神官にも様々な思想を持つ人間がいる。偏った思想を持つ者に神殿内での権力を持たせるわけにはいかない。只人至上主義で、獣人に偏見を持つ貴族の最右翼であるユスリナ子爵家出身のイネスはその顕著な例だった。

神官長の頼みに応じる形でアルドはユノから預かった指輪を持ち出したのだ。

「いいえ。それどころかおかげさまで約束通り出世できそうですよ」

アルドは金色の瞳をうっすら細めて告げた。神官長はなんとも言えない表情を浮かべる。

「私はお前に〈導き〉ではなく、神官長になって欲しかったのだがな。私の後を任せられるのはお前しかいないと思ったから」

イネスとは反対に、只人に偏見のない獣人であるアルドを神官長は信頼し、重用してくれた。末は神官長を任せたいとは最早口癖だった。だが、〈導き〉は神官を統率する立場ではない。権力はあっても、不穏分子の神官が現れたとして、その行動や立場を直接制限する権限はない。

「〈導き〉が神官長になれないと誰が決めました？」

アルドの嫌味なくらい自信たっぷりな言葉に神官長は目を剝く。


神官になった以上、最高位まで出世することはアルドにとって疑問を感じないくらい当然のことだった。出世欲というよりも、自身の生まれや獅子族の雄の血が人の上に立つことを求めるのだろう。

「お前がそれほどやる気を出してくれるのはありがたいが」

「私が権力を持つほど斎宮になるユノを守りやすくなる」

アルドは一度瞼を伏せ、大切に胸に仕舞っている思い出の数々を呼び起こす。先程の姿だけではない。私邸に帰宅したアルドを迎え入れてくれる紅潮した顔や、寒いからと寄り添ってくる小柄な身体、怒った顔まで。

ユノはアルドの掌中の珠《たま》だ。何よりも大事で、誰にも渡しはしない。たとえユノ自身がアルドを疎んじたとしても。

「私が望むものはユノだけだ。ユノを手に入れられるなら悪魔に魂を売ってもいい」

ユノに出世の道具なのかと聞かれて否定しなかった。それはもっと醜いこの気持ちを隠すためだ。ユノと出世など比べようもない。ユノに出世が付いてきたというのが本当のところだ。だが、そんな執着そのものの本心を知られたら逃げられるに決まっている。

「それは捨て置けない台詞だな。お前はノワ神の神官だぞ」

神官長が困った顔になる。

「ただの比喩ですよ。実際に私が取引したのはあなたと国王陛下ですし」

ユノの出生の証を差し出す代わりに今後のユノのことは自分に任せてもらう。その取引に神官長も国王も応じた。ユノが弾みでアルドを〈導き〉に選ばなかったら、アルド以外の〈導き〉の候補は外される手筈《てはず》になっていた。ユノはアルドを選ぶしかなかったのだ。

「私と陛下を悪魔と同列に語るか」

「だからただの比喩です」

「殿下はお前のこのような内面を知っているのか?」

「いいえ」

アルドは言い切った。

「ユノには引き取ったときから優しくしていましたから。もちろん、最初は小さなユノに庇護欲を掻き立てられただけです。それなのにいつの間にかこんなにも唯一無二の存在になっていた。ユノは私のものだ」

感慨深げに語っていたアルドは存在しない誰かに対してぐるると唸《うな》り声が聞こえそうなほどの怒りの表情を見せる。実のところ、アルド自身、こんな獰猛な己が潜んでいると知らなかった。

「獅子族の独占欲は恐ろしい」

神官長は溜息を零す。

「だが殿下はお前を恨んでいるのではないか? このまま進めばますます関係が悪化するだけだぞ」

「相応の罰でしょう。私はユノの将来を勝手に決めてしまった」

「先に話せばよかったのだ。殿下とて斎宮の必要性は理解してくれただろう」

「結果は変わらない。同じことでしょう」

もし事前に知らせていたら、ユノは斎宮候補の資格を失う行為に走っていた可能性もある。アルドは神官長にはその懸念を告げなかった。例えば、ユノの親友面《づら》をしている兎の獣人。あるいはそこらの女性かもしれない。斎宮候補として軟禁されてしまったからこそ、その機会は完全に失われた。

「それに話したとしても男に抱かれること自体は嫌悪したでしょうし、実際そう言われた」

思惑の全てを詳《つまび》らかにする必要はない。アルドは話を掏《す》り替えた。

ユノはいつの頃からかアルドと距離を取るようになった。アルドの反対を押し切って神学校に進んだときにはアルドを拒絶し始めていた。近付いても逃げていく。会話も積極的に交わそうとしない。多感な時期のユノにとってアルドは口煩い後見人に成り下がったのだ。

いいや、もしかしたらユノを性的な目で見ていることに気付かれたのかもしれない。触れる手に下心があることを本能で悟ったのかもしれない。だから神学校に行きたいと言い出した。

先日の夜、大礼拝堂の祈りの間で偶然に出会ったときにもアルドは強い衝動とともにユノを見てしまい、ユノはアルドの視線から自身の肌を隠した。仕方がないではないか。あのときのユノの濡れた服から透ける肌の扇情的なことと言ったら。ユノは十八歳になり、本当に美しくなった。神学校まではアルドが睨みを利かせて他の人間を牽制《けんせい》できたが、神官になって地方に行かれると、目が届きにくくなる。ユノの魅力があれば他の誰かに取られてしまうのは時間の問題だ。

斎宮のことは、だから渡りに船でもあった。

誰かに奪われる前に、大義名分の下で王都に引き止めて、さらにはその身体を自分のものにしてしまえる。最初は嫌がられるだろう。だが、小さい頃はあんなに懐いてくれていたのだ。身体で繋《つな》がるうちに情を覚えてくれたらこちらのものだ。

アルドの内にユノを手に入れられると気付いたときの歓喜が蘇ったが、それに蓋をして神官長に向き直る。身の内の獣の感情を包み隠すのはアルドの得意とするところだ。

「斎宮の必要性は理解しても、自分が斎宮になることを呑み込めるかどうか。斎宮になるためには男との性交だけではない。身体を造り変えてしまうんです。四つ耳になってしまえば二度と只人に戻ることはできない。只人でもなく、純粋な獣人でもない。ユノは唯一無二の孤独な存在になってしまう」

母を失ったときのように。そんなユノの傍にいるのは自分だ。

「アルド神官……」

「もういいでしょう。頂戴《ちょうだい》します」

アルドはさらなる問答をする気にはなれなかった。小瓶の蓋を開き、中身を一気に呷《あお》った。

「ぐ……」

喉が焼け付くようだった。強い酒をさらに強くしたような感覚だ。嚥下《えんげ》して胃に収めると、すぐに身体の奥底から激痛が生まれる。耳や尻尾の毛がざわざわと総毛立った。

「う……」

激しい痛みが鼓動に合わせて脳天まで突き上がってくるようだった。

「苦しいだろう。只人の身体を造り変える薬だ。獣人には無毒ではあるが、飲んでしばらくは激痛を伴う」

神官長は申し訳なさそうな顔でアルドに告げる。聞いていたことだから覚悟は出来ている。

「これくらい、なんてことはない……」

ユノを手に入れるためなら。額にじっとりと脂汗が浮かぶ。アルドはふうふうと荒い息を吐き出しながら告げる。

「そうか」

神官長は深く頷いた。

「付き添った方がよいか？」

「一人にして下さい」

声を出すことも億劫だったが、泣き喚くのは自分の性分ではない。アルドはゆっくりと、しかしはっきりと告げた。

「わかった」

アルドの希望を聞いて神官長は部屋から出ていった。アルドは台座に凭れかかるように座り、まるで燃えているように熱い腹に手を当てる。丸まった尾の先がぱさりと力なく地面を叩く。

痛みを慰めるかのように、十年前に出会ってから数刻前までのユノの姿がアルドの瞼の裏に浮かんでは消えていく。

「ユノ。お前を誰にも渡すものか」

アルドは唇を噛み締め、薄暗い笑みを浮かべた。

＊＊＊

空には満月が昇った。

「殿下、そろそろお支度《したく》を」

「あ、う、うん」

一日中落ち着かないでいたユノは、レニエに促されて重い腰を上げる。行く先は部屋に付いている浴室だ。

昼間には禊をしたのに、今度は風呂だ。ふやけてしまいそうだなと思いながら脱衣所で服を脱いで浴室に入る。

いつもながら、王子の部屋だけあって豪勢な風呂だなと思う。アルドの屋敷の風呂も広かったが、ここはその倍以上ある。石造りの浴槽なんて泳げるんじゃないだろうか。

心の準備が整わないまま、ユノは黙々と手を動かす。自分の身体を一通り洗った後、浴槽に身を沈めた。

　湯の中は温かく気持ちがいい。でも、ユノの心のざわめきを宥《なだ》めてはくれない。

　ゆらゆら揺れる湯面の下で、ユノは腰にそっと手を回した。尾てい骨の上をこりこり擦ってみる。今は滑らかなそこに尻尾が生えるはずだが、想像もできない。指をさらに下に滑らせていく。

「ここに、本当に？」

　昨日、アルドに指を入れられた場所だ。指先で触れるか触れないか程度に何度か近付けてみて、思い切って指の腹を押し当ててみた。きゅっと窄まっていて、何かが入れる余地なんてないように思える。指先を中に潜り込ませようか散々悩んで、ユノは結局諦めた。

「儀式じゃなかったらよかったのに」

　鼻の下まで湯に沈んで、ユノは口の中で呟《つぶや》いた。

　もしこれから起こることが、ユノの想いが叶って、晴れて恋人になってからのことなら、自分はどんな気持ちになっていただろう。不安だったかもしれない。でもきっと、嬉しくて嬉しくてたまらなかったはずなのだ。

「んっ」

　考えているうちにふわふわしてきた。このままでは湯あたりしてしまうとユノは浴槽から上がり、脱衣所に向かった。

「っ、アルド。なんで」

　ユノはぎくりと止まった。脱衣所でアルドが待ち構えていたからだ。神官服ではなく光沢のある絹の夜着を身に着けている。アルドの夜着姿なんて初めて見るわけじゃないのに、今日のこの後を想像させられてしまってユノは固まってしまった。

「随分と長風呂でしたね。あなたは昔、長湯で倒れたことがあるでしょう？　お気を付け下さい」

　固まっているユノに構わず、アルドは大判の布を身体に巻き付けてくれる。端っこを頭に乗せて水気を拭ってくれる。

「じ、自分でできる」

これこそ子供のようではないか。

「いいえ。これも〈導き〉の仕事です。日常のことは侍女が世話をしますが、これから変化していくお身体の状態を確認し、体調を整えるのは全て私が」

役目だと言われるとユノは反論できなかった。アルドは無言で身体の隅々までを布で拭きあげ、アルドと揃いの夜着を着せてくれた。昨日も裸を見られているが、性器まで綺麗にされるのは抵抗感があった。アルドは最後にユノを寝室の椅子に座らせて髪を丁寧に乾かしてくれる。

椅子の前に置かれた鏡には、ユノと背後のアルドが映っている。

アルドの顔からも、耳も尾からも、まったく感情が読み取れない。

「あ」

「どうされました？」

「尻尾、汚れてる」

ふと見えた先端に黒いものが見えた。

「ああ。秘薬の影響のようです。たまに毛の色や毛並みが変化することがあると聞いております」

アルドはさらりと答えた。アルドは月明かりのような金色の耳と尻尾を持っていたが、答えと共に一振りされた尾は、先端の丸い部分だけが黒く変化していた。

「そう、なんだ」

なんだか黒く変わった色が二人の関係の変化を示唆しているようで胸が苦しくなった。

沈黙は息が詰まる。こっそり溜息を吐くと不思議な匂いが漂っているのに気付いた。

「緊張を解す香を焚《た》いています」

ユノの様子に気付いたアルドが答えてくれる。やけに甘ったるい匂いだ。あまり好きじゃないなとユノは思う。

「さあ、終わりました。儀式を始めましょう」

ユノはぎくりとした。突然、心臓が破裂しそうなくらい脈打ち始める。

「本当にするの？」

鏡の向こうのアルドに問いかけると頷かれた。

「もちろんです」

アルドはユノを立たせ、自身はユノの前に跪く。

王族は俗世に属するものだが、斎宮候補はノワ神の領域の存在だ。儀式を受ける斎宮候補に対して、〈導き〉は神に対するのと同じように跪く形で敬意を払う。

「これより殿下を只人から獣人へとお導きさせていただきます。どうぞ二つの存在の中心で、二つの存在の架け橋となられますよう」

見上げてくるアルドの金色の瞳の真剣さにユノは飲み込まれるような気分を味わった。こんな状況でも見惚れてしまう。

視線が絡むようにしばらく見詰め合い、ユノはやっと自分が何をすべきかを思い出した。

「せ、誠心誠意尽くします。私の〈導き〉よ。どうか私を導いて欲しい」

最初の儀式の前の決まり文句だと予め伝えられていた台詞だ。なんとか言い終えて、手を差し出す。

アルドが僅かに笑みを浮かべた。説教の時に見せる完璧な聖職者の顔だ。アルドは恭しくユノの手を取り、手の甲に唇を寄せた。

「っ」

アルドの唇に触れられた。その感触だけでユノの身体に言い知れぬ感覚が走る。アルドは次いで自身の秀でた額にユノの手の甲を恭しく押し当てる。

これから本当にアルドに抱かれるのだ。それも最後まで。

「ではまず、これをお飲み下さい」

アルドはユノの手を取ったまま立ち上がると、液体の入った小瓶を差し出してきた。

「これは？」

「眠り薬です」

「え……？」

ユノは瞬きをした。

「眠り薬？　なんで？」

「殿下は私に触られるのがお嫌なようでしたから、これをお飲み下さい。眠っている間に儀式を終わらせます」

「ま、待って」

確かに昨晩、アルドは方法を考えると言っていた。それが眠り薬なのか。

「本気で言ってるの？」

「本気です。さあ、お飲み下さい」

「い、嫌だ……」

促されて、ユノはぶんぶんと頭を振った。悲しくて情けなくて涙が出そうだ。

「ですが、昨日の様子では、素面《しらふ》では儀式の完遂は無理でしょう？」

「でも眠ったまままされるなんて嫌だ。儀式だとしても、僕はこんなこと本当に初めてなんだよ？　そんなの……」

とうとう涙が一粒零れ落ちた。ユノは嗚咽を堪えて、アルドを睨み据えた。アルドが小さく息を呑む。

「……わかりました。どうしても無理だとなったら改めてご提案します」

「っ、ありが……」

礼を言いかけて、ユノはとどまった。そもそもの原因はアルドにあるのだ。礼を言うのはおかしい。

「では、こちらへ」

小瓶を回収されると、腕を取られて寝台に導かれる。

「まずは、口付けからです」

寝台の脇で向かい合って立たされて、ユノは緊張に身体を強張らせた。

「口付け……」

「耳を生やすためにはこの辺りに薬を浸透させる必要があります」

アルドの手がそっとこめかみの上辺りに触れてくる。ちょうどアルドの同じ場所に獅子の丸っこい耳が生えている。

「口付けで唾液を渡します。なるべく、口の、できれば上顎辺りにとどめるように」

説明を受けてユノはおずおずと頷いたものの実感が伴わない。

「目を閉じて」

言われるがまま、ぎゅっと目を閉じて口付けを待つ。

アルドを好きだと自覚した頃、何度も夢見た状況だ。でも現実のアルドは自分を好きなわけではなく義務として口付けするのだ。そう思うと悲しくて涙がまた一つ落ちた。瞼の闇の向こうで小さな溜息の音がする。でもすぐに顔が寄せられた気配がして、唇に柔らかいものが触れた。

他人とする初めての口付けは、実感がほとんどないまま一瞬で終わった。

「口を開いて」

触れて離れていって、吐息が触れる距離で命じられる。ユノは少しだけ唇を開いた。

「んっ」

顎を力強い指に捉えられて上向かされ、再び柔らかい感触が触れた。

本当に口付け、しているのだ。

唇の隙間にぬるりとしたものが触れる。アルドの舌だろう。肉厚のそれが口の中に入ってきて、上顎をくすぐった。ここだと教えられているのだ。

「んぅ」

鼻腔を甘いものが掠《かす》めた。香の匂いに似ているけれど、それよりもっと濃い。匂いだけではない。舌先も熟れた果実のような甘さを感じている。匂いと甘さでくらくらする。アルド自身のものとは思えない。これはきっと秘薬の味なのだろう。

そのまま上顎だけではなく口の中の至るところを舌先で弄《いじ》られる。始めはぞくぞくするだけだったが、ゆっくり探られている内に奇妙な感覚が混ざり始める。下肢に熱が生まれてきた。

「ん、んんっ」

それが怖くてユノはアルドの腕に縋り付き、目を開いた。目の前にアルドの金色の瞳があった。こんな状況なのに綺麗だと思った。アルドが顔を離す。嫉妬もできないくらい端整で男前な顔。凜々しさを引き立てる形よい唇が濡れている。この唇に口付けられていた。

「なんでアルドは目を開けてるんだよ」

ユノは呼吸を荒らげ、湧き上がってきた気持ちを封じ込めながら文句を言った。初めての口付けに翻弄される様を全部見られていた。そう思うと羞恥も湧き上がってくる。アルドは目を細めた。

「殿下の様子がお変わりないか確認するためです。それより、しゃべったら秘薬をとどめられないでしょう」

あっとユノは自分の口に手を当てた。口の中に溜《た》まっていた唾液をうっかり飲み込んでしまっていた。

「ごめんなさい」

落ち込んで目線を下に落とすと、アルドが瞬いた後に苦笑する。

「問題ありません。まだ儀式は始まったばかりですから」

「……その敬語、やめて」

義務で抱いてくれると思うだけで辛いのに、敬語を使われるとそれを知らしめられるようで辛さがさらに増す。

「儀式の間だけでいいから」

「……ユノが、そう望むなら」

てっきり駄目だと言われると思ったのにアルドは受け入れてくれた。

「次に進むぞ」

アルドは帯に手をかけてきた。先程アルドによって着せられた夜着が、今度は脱がされていく。すっかり裸になったユノの身体は寝台の上に仰向《あおむ》けに寝かされた。アルドが自分の夜着も脱いで裸になる。ユノは生唾を飲み込んだ。

窓から差し込む月光と燭台の明かりに照らされたアルドの裸身は美しかった。

獅子族に相応しい鍛えられた体軀だ。腕や背中は発達した筋肉が盛り上がっているが引き締まっており、腹もくっきり割れている。肌は獣耳に生えている毛よりも淡い金色で、まるで全身が輝いているようだ。

だが、腹よりも下、金色の茂みの下まで目が行って、ユノは思わず顔を背けた。アルドの体格に見合った大きさをしていた。大きいのは知っていたけれど、改めてあんなものが自分の中に入るのだと思うと、これまでとは違う意味で怖くなる。

「ユノ、怯えてももう引き返せない」

アルドが近付いてきて顔を上げさせられる。ユノは固く目を瞑《つぶ》った。唇に先程と同じ柔らかい感触が触れてくる。顎に力を入れてユノは薄く唇を開いた。

「っ」

すぐに唇の合間から舌が差し込まれた。舌の先端で上顎を擦り上げられると身体の奥にぞくぞくした感触が生まれて下肢をもじつかせてしまう。

上顎にたっぷりと塗り付けられる甘い液体を今度は飲み込まないようにしなければと、必死で息をするのを我慢する。

「こら。息は止めるな」

唇を離したアルドが呆れた声を出す。

「ん、んぅ」

でもとユノは息をしないまま反論しようとする。すると鼻をかぷんと噛まれた。

「んっ？」

驚いて飲み込んでしまった。ユノは涙目でアルドを睨む。アルドはなんだか優しい顔で苦笑していた。そんな表情がユノの心臓を直撃する。

「口付けも経験がなかったな。鼻で息をするんだ」

「あ、そっか……」

思いも付かなかった。

「できるか？」

「た、たぶん」

「じゃあ、練習だ」

そう答えたアルドがぐりっと鼻先を押し付け合うような仕草を一度してきて、唇を塞いでくる。舌は入ってこなくて、本当に鼻で呼吸をするためだけに唇を塞いだらしい。ユノは鼻で少し息を吸おうとしたが、上手くできない。思い切り吸おうとすると、喉まで鳴らしてしまった。

「……どうしよう、できない」

半泣きで告白すると、アルドの眦《まなじり》が下がった、ような気がした。

「相変わらず不器用だな」

「だって」

口付け自体初めてだったのだ。最初から上手くできるはずがない。

「まず口を閉じて、普通に息をしてみるんだ。自分がいつもどうやって息をしているか感じてみろ」

言われた通りに口を閉じてみると、無意識に鼻で呼吸しているのがわかった。そのますうすう息をしているところに、アルドが口付けてくる。金色の瞳が探るように見てくるけれど、今度はちゃんと息を続けられた。アルドが瞳を閉じたので、ユノも閉じる。

「ん……」

再びアルドの舌がユノの中に入ってきた。息も続けられている。でも、そこここを舌先でくすぐられると、鼻からくぐもった声が抜けていってしまう。恥ずかしくてユノは思わずアルドの腕に縋り付いた。アルドの身体は一瞬びくりとしたが、振り払われはしなかった。発達した筋肉の付いた腕は逞しくて弾力がある。この腕が幼いユノを数えきれないくらい抱き締めてくれた。裏切られたってどうしたってこの人が好きなんだとユノは思い知った。

「ユノ」

唇が離れていく。

「今度は飲み込むなよ」

唇を指で押さえられ、ああそうかこれは儀式だったとユノは思い知る。

アルドの身体が下に下りていき、両膝の裏に手がかかった。

「んっ」

脚が開かれる。ちらりと下を見て、ユノは驚いて喉を鳴らしてしまった。

「あっ」

「飲み込んだのか?」

「やだ、見ないで!」

アルドの言葉を無視してユノはアルドから両脚を奪い返した。下肢を隠すようにして身体を丸める。

(どうしよう、見られた)

いつの間にかユノの性器はすっかり勃《た》ち上がっていたのだ。口付けされただけで。あれほど男に抱かれるのが嫌だと言っていたのに。

「心配しなくていい。香のせいだ。緊張を解す他に、催淫の効果もある」

「え……?」

「こうなっているのは香のせいだ」

アルドはユノの身体の隙間から性器に手をかけてきた。

「ひっ。やだ、触らないでっ」

触れられただけで極めそうなくらいの刺激が走り、ユノはアルドの腕を脚で振り払った。

なんでそんな香をと考えたけれど、儀式の性質を考えれば仕方のないことかもしれない。

「……俯せになるから、勝手にして」

「それだと口付けができない」

「っ」

「ユノ。やはり眠り薬を……」

「それは嫌だ」

ユノは涙に濡れた瞳でアルドに縋るような視線を向けた。アルドの背後で黒い尾の先端が僅かに揺れている。獣人、特に上流階級の人間は耳や尻尾を感情のままに動かすことをよしとしない。例に漏れずアルドも滅多に動かさない。動いたとしても僅かだ。

「嫌なのはわかるが、それでは儀式が進まない」

冷静な声だが尻尾が動いているからとても困っているのだろう。

どうすれば納得できるのかとアルドが見詰めてくる。

「明かりを、消して欲しい。せめて自分の姿を見たくない」

獅子族は夜目が利くはずだから明かりがなくてもやるべきことはできるはずだ。できればアルドにも見られたくないから目隠しをして欲しいくらいだが、さすがにそれは無理だろう。

「……わかった」

アルドは部屋を照らしている洋燈の火を消し、次いで満月の光が差し込んでいる窓のカーテンを閉じる。隙間から僅かな光が漏れているが、寝台の辺りまでは届かない。ユノにはまったく何も見えない。

「これでいいか？」

「……うん」

小さく答えると、寝台にアルドが戻ってきた気配がした。暗闇の中、ユノは手探りしながら再び仰向けになる。

「あ、あと。できるだけしゃべらないで」

会話をしても悲しくなるだけだ。

「わかった」

不承不承のようだが、承知してくれた。

ユノの唇に吐息がかかり、ぴちゃりと舐《な》められる。唇を開けという合図だと悟ってユノはその通りにした。

「んっ」

先程と同じように中に舌が入り込んできて、口蓋を弄られる。甘い味が口の中いっぱいに満ちる。何も見えない状態でされると、先程より感覚が鋭敏になるらしかった。少しの刺激で身体にじんと熱が生まれる。相変わらず焚かれている香のせいもあるだろう。

（アルド。僕は、アルドのことが好きなんだよ）

ユノは心の中で告白した。こんな状況で本当に口にしたらアルドはどう思うのだろう。

（きっと迷惑だって顔するだろうな。僕はただの出世の道具なんだから）

アルドの口が離れ、手で顎を押さえられて口を閉じるように促される。ユノは促されるままに与えられた秘薬を口の中にとどめる。秘薬の味と匂いが口と鼻の中いっぱいに広がってくる。それを見届けたようにアルドの手が顎から首筋に降りていき、喉をくすぐって鎖骨に触れた。ゾクゾクして身体が震える。必要のない愛撫《あいぶ》は止めて欲しいのに秘薬のせいで口を開けない。

「んぅっ」

アルドの掌がユノの身体を確かめるように肌を這《は》いながら降りていく。指先が右の乳首を引っ掻いて、ユノはびくんと震えた。アルドの手が驚いたように離れて今度は脇腹に戻る。

「っ」

淡い茂みの中で主張しているものに一瞬だけ指を絡めて、その奥に。

身体が強張ってそこも固く閉じていたが、そのままではまた眠り薬をと言われてしまう。ユノは必死で身体から力を抜こうとする。

「ユノ」

アルドの指が唇に触れてきた。

「一度口を開いて、ゆっくり息をするんだ。口付けは後からいくらでもできるが、歯を食い縛っていたら身体の緊張は解れない」

唇を捲《めく》るように指を差し込まれ、ユノはおずおず口を開いた。そのままアルドの指が歯の間から入り込んできて口の中を撫でられる。中で溜まっていた秘薬と混ざってぐちゅりと厭らしい水音が響いた。

「っ」

「お前は口の中が感じるんだな」

「ひょんな、の……っ」

「ああ、話はしない約束だったな。もう言わない」

アルドが苦笑した気配がする。

「っ」

アルドの指がユノの舌や上顎をくすぐって、唾液を絡めてちゅぷちゅぷ出たり入ったりする。なんだか倒錯的な行為だ。まるでそこで性交しているような。音だけでも恥ずかしいのに、アルドにはきっと自分の口を開いた間抜けな顔が具《つぶさ》に見えているのだと思うと余計に恥ずかしかった。

「んっ」

上顎を指の腹で優しく擦られると、奥深いところがキュンという音を立てた気がした。アルドの指がつぷんと抜けていって、先程一瞬触れた秘所に移動する。

「ふ……」

ユノは息を吐いた。アルドの指がやや強引に中に入ってくる。濡れた音と感触がしたのはユノの唾液か。

「んっ」

アルドの指が昨日と同じくらい深くまで入り込んでくる。馴染むと中を弄ってくる。

「あっ」

指先が感じる場所を寸分違《たが》わずに押してきて、ユノは敷布を摑んで衝撃を逃した。昨日はここまでしかできなかった。今日はここで終わるわけにはいかない。力を入れないようにして、ゆっくり息をして。

努力の甲斐《かい》あってか、アルドの指は滑らかに動き出した。

一本目の指が抜ける間際まで出されて、ねっとりしたものが入り口に垂らされる。あっと思ったときには、二本目の指が差し込まれた。昨日も使われた香油だろう。ぬちぬちとなんとも言い難い音が響く。二本はやっぱりきつくて入り口から奥に入れないらしい。

「ひゃっ！」

ユノは甲高い声を上げた。

「なんでそこ、あっ、やめ……」

アルドの空いている方の手がユノの勃ち上がっているものに添えられたのだ。儀式には必要のない場所だ。

「あっ、アルド、やだ、あっ」

脚を捩って拒否しようとするが、アルドはそこを大きな掌で包んでしまった。

「あ……」

温かい手に包まれてそれだけで気持ちよくて熱い吐息が零れた。アルドの手が慰めるようにそこをゆるゆる扱《しご》いてくる。

「あっ、あ……、ああっ」

「わかるか？　二本目も奥まで入った」

「え？」

いつの間にか後ろを弄っていたアルドの指が二本とも奥まで入っていた。中でゆっくり動かされて、ユノはびくんと震えた。

「こちらにばかり集中させるからいけないんだな」

アルドは独り言のように零して、ユノの中を柔らかくする作業を再開する。同時に前への刺激も続ける。

「んっ、んんぅ」

全身を捩らせ、あちらこちらからやってくる快感にユノは悶《もだ》える。三本目の指が足されたが、それよりも前の方に気を取られてしまう。硬く育った幹を強く擦られ、くびれに指を引っ掛けられながら先端の小さな口を指の腹でぐりぐり弄られると射精感が急激に込み上げてくる。

「や、出ちゃ……」

そう訴えてアルドの手を摑むと、アルドは手を緩めてしまい、イかせてくれないのだ。

「んっ、うっ」

イきたいのにイかせてくれない。ユノはアルドの手を両手で摑んだまま、いやいやと頭を振った。黒髪が顔の横でパサパサ音を立てる。

「お願いアルド。も、出したい。出させてっ」

半泣きになりながらユノは懇願した。

突然、アルドの手が離れる。中に入っていた三本の指も抜けていった。

「え……？」

ユノはぼんやりしながら瞬いた。両脚が抱え上げられ、尻を上に向けられる。目の前にアルドの顔が近付いてきた。

「あ、あ……っ」

アルドの指を受け入れて緩んでいた場所に指よりも大きなものが当たった。かと思うと、それがゆっくりと中に進んでくる。

「ひっ」

あまりの質量にユノは息を詰めた。まさに身体が開かれていくような感覚だ。入り口の縁がいっぱいに広げられ、息が詰まる。敷布を摑んで衝撃をやり過ごそうとしたが、腰が勝手に逃げてしまう。アルドが腰骨に手を添えて、身体が逃げるのを封じた。

「あ……」

ぬぐっと一番太い場所が中に入ってきたのがわかった。いっぱいだった入り口の縁の緊張が少し緩んでほっとしたのも束《つか》の間《ま》、侵入を果たしたアルドのものが今度は中を掻き分けるようにして奥へ奥へと進んでくる。すっかり柔らかくなっていた場所はそれを少しずつ、確実に、飲み込んでいく。

ずちゅんと音がして、尻にアルドの肌が触れた。

最後まで、入ったのか。

「熱いよ」

まず口から出てきたのはその言葉だった。苦しくてきついけど、それ以上に熱い。ユノの中にみっちりと収まったそれは火傷《やけど》しそうに熱くて、時折脈打っているのがわかる。

アルドと繫がっている。興奮したアルドのものがユノの中に存在している。アルドと性交している。

「こんなの……」

心が通っていないとわかっているのに、ユノに生まれてくるのは歓喜だった。絶対叶わないと思って

いた願望が叶っているのに、望んだ状況ではない。嬉しいのに悲しくて、ユノはぼろぼろ涙を零した。

「っ、なるべく早く終わらせる」

アルドは掠れた声で宣言すると、ユノの中をゆっくり行き来し始めた。

「やっ、アルド、待って、んむっ」

心が整うまで待って欲しかったのにアルドは待ってくれない。それどころかもう何も聞きたくないとばかりに唇を塞がれた。舌が口の中に潜り込んでくると秘薬の甘い味がして、ユノはそうだこれは儀式だったと思い出す。

「ん、あっ、んん、んっ」

唇を塞がれたまま揺さぶられる。さっき教えられたように鼻で息をするがそれでも呼吸が苦しい。一度離れて欲しくて肩をどんどん叩くと、アルドの動きが一瞬止まった。

「っ、んんー！」

アルドのものがユノを感じさせる場所を狙い定めるように抉ってきた。ユノの身体が大きく跳ねる。少しだけ間を置いた後、アルドはそこばかりを突いたり、先端で捏ねるようにしてくる。

「ん、んぅ、アルド、や、やめてっ」

ユノは泣きながら頭を振り、口付けを解いて訴えた。

「駄目、お願い、やめて」

苦しいのに気持ちいい。気持ちいいのに辛い。涙でぐちゃぐちゃの顔で訴えたのに、アルドは止めなかった。それどころか上半身を起こし、ユノの両脚を折り畳むようにしてより深い場所に捩《ね》じ込んでくる。

「やだ、くるし、や、もう、やだ」

ずんずん突き降ろすようにされてユノは自分の腰に回されたアルドの手を摑む。手の甲を引っ掻き、意識を自分に向けようとするのに、アルドは無心でユノを苛《さいな》み続ける。

「うっ、やあ！」

アルドの手がユノの前に伸びた。感じる場所を問答無用に穿《うが》たれながら前を擦られて、とうとうユノは極めた。ぎゅっと中を締め付けてしまう。

「う、ぐ……っ」

ほとんど同時にアルドが胴震いをして奥深い場所に奔流が叩き付けられる。

「あ……」

ユノは腰を摑まれたまま、全身を弛緩《しかん》させて寝台に沈み込んだ。全力疾走した後みたいに速い鼓動を宥めるように呼吸を繰り返す。しばらくそうして落ち着いてくると、瞳に勝手に涙が盛り上がってきた。

「こんなの、酷い」

ユノは初めてだったのに。早く終わりたいとばかりに好き勝手にされた。

「ユノ」

「出ていって」

そう言うのが精一杯だった。

「……わかった」

沈黙したアルドが溜息を零す。

「んっ」

アルドのものがユノの中から抜け出ていく。縁から何かがとろりと流れ出した感覚がある。

「ひっ」

その正体を考える前に、アルドの指がそこを撫でた。ぐちゅっと粘液質な音が響く。漏れたものを拭われたらしい。

「触らないで」

ユノは脚を振ってアルドを遠ざけた。

「ユノ。身体の中にとどめないと秘薬が浸透しない」

「今日はもう嫌だ」

口付けも、性交も、一緒にいるのも。

「どうせまた一ヶ月後にしなきゃいけないんだから。今日はもう帰って」

ユノはアルドを見ずに拒んだ。

アルドは再び溜息を吐き、寝台の脇で何かを始めた。

「ユノ。もし、熱が出たり痛むようなら私を呼ぶんだ。それと、身体を拭くものを置いておくから動けるようになったら使いなさい。秘薬の効果で痛みが出ることがある。薬湯も置いておくからこちらも飲んでおくように」

どうやら後片付けの準備をしてくれたらしい。アルドは淡々と告げ、ユノの身体に掛け布を被せる。

「……よく頑張った」

最後にそう言って部屋から出ていった。

「頑張った、って。なんだよ……。あんなに勝手にしておいて」

ユノは掛け布を頭まで被って、ぐすっと鼻を啜《すす》った。

「アルドの馬鹿」

どう気持ちを整理していいかわからなくて詰《なじ》ってしまう。

身体の奥がまだじんじんしている。それに上顎の上辺りも。秘薬のせいもあるのだろう。涙が後から後から溢れてきた。

「アルド神官？　お帰りになられないのですか？」

ユノのもとから去ったアルドは扉の前から動かずに待っていた。それを見咎《みとが》めたレニエが声をかけてくる。

アルドは目線で静かにするようにレニエに命じる。斎宮候補の王子付きとなった優秀な侍女はそれだけで察したようだ。

「そろそろか」

アルドは頃合いを見計らい、寝室の扉を静かに開いた。足音を立てずに寝台に向かうと、ユノは裸のまま眠っているようだ。置いておいた薬湯は飲み干されている。この痛み止めは眠り薬としても作用する。ユノは以前も同じ薬でぐっすり眠ってしまったことがある。

「ユノ。風邪を引くぞ？」

ユノの横に腰掛け、アルドはユノの頬に触れた。涙の跡が残っている。しどけなく横たわった裸体は艶《つや》やかでアルドの劣情を煽った。下腹にはユノが放ったものが散り、交わっていた場所からはアルドのものが滴り落ちている。ユノの中に押し入った瞬間の甘美な心地を思い出し、アルドは小さく身を震わせた。

欲して止まなかった身体をとうとう手に入れた。その思いから夢中でユノの身体を味わってしまった。

「お前を抱いたのは私だ」

暗い愉悦が湧き上がってくる。

「ん……」

ユノの唇が小さな声を漏らす。アルドはそれに目を細め、ユノの身体を抱き上げた。

「軽いな」

だがどれだけ華奢でももう大人だ。香の助けがあったとは言え、アルドを受け入れ、射精までできた。

アルドは自然と込み上げてくる笑みを我慢できないままユノを浴室に連れていった。背後では尻尾が上機嫌に上向いているが、誰も見ていないのだし、今ばかりは構わないだろう。

ユノは起きる様子はない。華奢な身体を湯に浸し、海綿で洗う。下腹のユノのものは少し乾いてこびり付いていたので湯で溶かして落とした。

懐かしいなとアルドは思い出す。ユノをアルドの私邸で世話し始めた頃のことだ。ユノは風呂や石鹸の使い方を知らなかったので、一緒に入って使い方を教えた。もこもこの海綿に石鹸の泡を付けて背中を擦ると、くすぐったそうに身を捩っていた。会ったばかりの自分に全幅の信頼を寄せるユノが不思議で、そして生まれて初めて他人を可愛いと思った。思えばそれが後の執着のきっかけになったのだろう。

「ふふ」

何の夢を見ているのか、ユノが寝ながら頬を緩める。思わずアルドは手を止めてしまった。

「ん、もっと。ふわふわ……」

子供っぽい言い方だ。どうやら幼い頃の夢でも見て海綿の感触を求めているらしい。アルドは苦笑して、再びユノの身体を擦ってやる。隅々まで丁寧に。

「誰にも渡さない」

十年前には、自分がこんな感情を抱くようになるとはついぞ考えもしなかった。

＊＊＊

「あ」

ユノは目を覚ました。

広い寝台だ。神学校の寮でもないし、屋敷の部屋でもない。

「あ、そっか」

一瞬で自分の身に降りかかったこと、何より昨晩の出来事を思い出す。

「っ」

腰の辺りがじんとしている。痛くはないけれど、違和感がある。随分と勝手にされたけど、怪我はしなかったらしい。

「そうか、僕、アルドと」

儀式という名の性交をしたのだ。

「頭、は、なんともない」

眠る前に少し違和感を覚えた気がするが、触れても何も変わっていない。秘薬の効果には個人差があり、目に見えるような変化は、早ければ翌日に、遅ければ一ヶ月以上先になるらしい。ユノは少なくとも早い方ではなさそうだ。

少しだるい身体を起こしたユノは夜着をきちんと身に着けていることに気付いた。身体もさっぱりしている。自分でした覚えはない。アルドの仕業だろうか。

寝台の上で膝を抱えて座る。昨夜のことが脳裏に蘇る。言葉に表すことのできない感情で胸がいっぱいになった。

「ユノ様、お目覚めでしょうか」

部屋の外から遠慮がちに声がかかって、ユノは腫れぼったい目元を擦ってから応じた。

「起きてます」

正直泣き喚いてどこかに逃げてしまいたいくらいだったが、そんなことをして何になるのか。なんでもない風を装っていたい。ユノは自分の矜持《きょうじ》を掻き集めて、しゃんとした顔を作った。

「失礼します」

入ってきたのはレニエだった。

「よくお休みになられたようですね」

窓から差し込む光が明るい。どうやら昼近い時刻らしかった。

「うん」

「お着替えをお持ちしました。まずこちらでお顔を綺麗になさって下さい」

レニエはたっぷり水の入った盥《たらい》と布を持ってきてくれた。水はよく冷えていて、顔を洗うと寝ている間にかいていたらしい汗がすうと引いていく。

「お腹は空いていらっしゃいませんか？　お食事をすぐにご用意してもよろしいでしょうか？」

言われてみるとお腹は減っている。

「お願いします」

レニエはにっこり笑って、寝室から出ていった。

「レニエさん、儀式のこと何も言ってこなかったな」

気遣ってくれたのだろうか。無事終わってよかったと言われたらやりきれない気持ちになっただろうし、大丈夫でしたかなんて問われたらきっとレニエを煩わしく思っただろう。何も聞かれないのはありがたかった。

ユノは寝台から起き上がって夜着を脱いだ。寝室の鏡に全身を映してみたけれど昨日までのユノと全く同じだ。何一つ変わっていない。只人の中でも小柄で、細っこくて。イーサは美人だなんて時々言ってくれるけれど、もてたこともないから普通の顔だと思う。黒髪も青い瞳もありふれている。平凡な只人のユノがそこにいる。

「変なの」

まるで悪い夢だ。いいや、絶対に叶わないはずのことが叶ったから、いい夢なのか。思い付いて只人特有の毛のない耳に爪を立ててみる。

「痛っ」

痛かった。夢ではない。ついで、改めて頭の隅々や尾てい骨の辺りにもぺたぺた触れてみる。全く変わりがない。変わりがないけれど、これが現実なら、ユノはこれから四つ耳になる。

「僕はこれからどうなるんだろう」

鏡の中の自分が不安そうな表情を浮かべていた。


アルドが訪ねてきたのは夕方近くになってからだった。寝椅子の上でぼんやりとしていたユノは、アルドが来たと聞いて、姿勢を正して唾を飲み込んで待った。

「アルド」

姿を見た瞬間にユノの鼓動は跳ね上がった。相変わらずの精悍さと立派な体軀。昨晩、この男と抱き合ったのだ。

「殿下におかれましてはご機嫌麗しく」

でも開口一番に慇懃な挨拶をされてユノは唇を嚙み締めた。

アルドはいつもと全く変わらない。これ以上ないくらい動揺しているユノとは正反対だ。

「何の用?」

顔を見ないまま低くて小さい声で問いかけた。そうしないと泣いてしまいそうだった。アルドにとって昨晩のことは些細《ささい》な出来事なのだろう。

「体調は?」

「普通」

本当は身体の奥に疼《うず》くような熱が残っているのだけれど、言いたくなかった。

「本日は食事もちゃんと食べられたそうですね。レニエ殿が安堵しておられました。食事と睡眠だけはしっかりお取り下さい」

また子供扱いだ。昨晩、あんなことをしたのに。

「では寝室に」

「何故？」

あんなこと、をした場所の名前が出てきてユノは反射的に問い返していた。

「服を脱いでいただきます」

「服？　今日は儀式じゃないよね？」

「儀式後に変調がないか、お身体を確認するためです。ここですと侍女達にも見られますので」

「〈導き〉の仕事？」

「そうです」

「導くっていうより、まるで管理されてるみたい」

ユノは涙を飲み込み、寝室に向かう。付いてきたアルドが背後で扉を閉める気配がしたので自分で服を脱ぎ落とした。上着を脱いで薄い下着だけになると少し寒気がした。気付いていなかったが今日は気温が低いのか。

「失礼」

肩に手をかけられ、その熱に昨日のことが蘇りかけて身体が緊張した。大丈夫だというようにゆっくり触れなおされて、後ろを向くように促される。

「あっ」

腰のだるさのせいか、身体がよろけた。

「危ない」

気付いたら抱き留められていた。腰を力強い腕で抱き留められ、逞しい胸板に顔が押し付けられる。ふわりと香ってきたアルドの匂い。さっきは止められたのに、昨日の出来事が一気に蘇ってくる。

「触らないで」

どんと胸を押して逃げようとしたのに、アルドは許してくれなかった。

「大人しくしていろ」

昔からの口調で告げてますます腕の囲いを強固に

する。

「っ」

ユノの頭に濡れたような感触がした。

「アルド、なに……」

「ここが耳の生える場所だ」

喋られるとくすぐったい。どうやら先程頭に触れたのはアルドの唇だったらしい。

「ひっ」

ざらりと舌で舐められる。

「やだ、なんで舐めるの！」

「お前が暴れるからだ。両手が塞がっているからな」

冷静な声で告げてきながら、アルドはもう片方にも同じように唇を落として舐めてきた。

「っ、暴れない。暴れないから、やめて」

ぞくぞくする感覚は、敏感な場所に触れられたときとよく似ている。

「慣れろ。どうせ耳が生えてきたら毛繕いしてやることになる」

アルドはそう告げると、先程より熱心に舐めてきた。

「んっ、毛繕い……？」

「そうだ。獣人の唾液には少しだけだが治癒の効果もあるし、生えきるまでこうして毛繕いすると毛並みがよくなるそうだ。それに秘薬は本来内側から作用するものだが、外からでも多少効くのではと言われている」

「んっ、でも、秘薬は、儀式の日しか」

「儀式の日を過ぎても〈導き〉の身体には秘薬が残っている。効き目は日が経つほど薄くなるがな」

アルドの顔が頭から離れていった。ほっとしたユノの顎をアルドの手が掬った。

「んぅっ」

ユノは目を見開いた。アルドが口付けしてきたのだ。舌で渡される唾液は昨晩ほどではないが甘い。秘薬の甘さだ。

「んっ」

昼間の明るさで見るアルドは黄金に輝いていた。瞼を伏せていてもアルドの端整さは損なわれない。金色の睫毛《まつげ》が光を弾《はじ》いていて綺麗だ。

「ん、や、んうっ！」

何回も胸を叩いて、アルドはやっと唇を離してくれた。

「なんでっ」

ユノは手の甲で唇を拭った。

「昨晩、口の中にはあまり秘薬をとどめられなかっただろう。せめてもの追加だ」

「あ……」

確かに何かされる度に驚いたり叫んだりしてすぐに飲んでしまったから。

「こちらには変化はないか？」

「え？　あっ」

アルドの手が腰から下に降りていき、下着の中に潜り込んで尾てい骨の辺りに触れてきた。これは確認作業だとユノが息を詰めていると、アルドは何度かそこを引っ掻くようにして確かめた後、もっと下に手を移動させた。

「っ！」

指の腹で閉じた場所に触れられ、ユノは思わずアルドの服にしがみ付いた。

「な、なに……」

アルドはすぐに手を離してくれた。

「傷付いたり酷く腫れたりということはないようだが、少し熱があるな」

「え？」

「気付いていなかったのか」

アルドが僅かに眉を寄せる。

「そう言えば、さっき、服を脱いだとき、肌寒くて」

「今日は暑いぞ」

呆れ声でそう返したアルドはユノを抱き上げた。

「アルド」

ユノの体重なんてアルドからしたら大したものではないだろうが、今の立場で軽々と抱き上げられるとなんだか面白くない。アルドはユノを寝台に寝かせると、毛布をユノの肩まで被せ、両目に手を当ててくる。

「大人しく寝ていろ」

その仕草にユノは一瞬で泣きそうになった。ユノは屋敷に引っ越した頃、環境の変化のせいかよく熱を出した。多少体調が悪くても普段通りに過ごそうとするユノにアルドはいつも気付いていてくれて、心配してくれた。無理はするなと言ってくれて、寝台に入ったユノの隣で頭を撫でたり目を温かくて大きな手で覆って眠りに誘い込んでくれた。

「用が済んだなら、触らないで」

ユノはアルドの手を摑んで、自分から引き離した。優しく触れられていると泣いてしまいそうになるし、アルドの手を濡らしたら誤魔化すこともできない。

アルドに背を向けて毛布の中で身体を丸める。

「レニエ殿に熱があることを知らせておくが、酷くなるようならすぐに言いなさい。〈導き〉の私の責任だ」

責任。もしユノに何かあったらアルドが責任を取らなければならないのだろう。いっそアルドの出世の足を引っ張るために悪化させてやろうかと意地悪なことを考えてみたが、そんなことをしたらアルドだけではなく色んな人に迷惑と心配をかけてしまう。

「……わかった」

「おやすみ」

アルドは静かに部屋から出ていった。ユノは自分の唇に指で触れ、やっと涙を流すことができた。

＊＊＊

「イーサ、いらっしゃい」

「すごい量だな」

迎えたイーサはげんなりした顔でユノの手元に積まれた紙束を見詰めてきた。

「なんでイーサがそんな顔するんだよ」

「だってそれ、斎宮用の祈りの言葉とか儀式の次第だろ。全部暗記しなきゃいけないんだろ?」

「まあね。でもすることないから、ちょうどよかった」

儀式の日から十日。儀式の翌々日から斎宮の勉強に必要なものが続々届くようになった。本来の斎宮候補は幼い頃から勉強を始めるが、ユノは何も知らないも同然なので相当詰め込みが必要らしい。

正直、実際の仕事は神殿の大きな儀式に臨席して祈りを捧げるくらいだろうと見くびっていた。人々には見えない場所でも斎宮は働くようだ。その他にも王族として斎宮としての行儀作法の授業もあり、ユノは忙しい日々を送っている。

「街中もさ、儀式が始まったってんで、なんかそわそわしてる。みんな新しい斎宮を心待ちにしてたんだな」

「そう」

他人事《ひとごと》のように答えてしまってユノは取り繕うように笑みを浮かべた。ユノの複雑な気持ちを察してくれたイーサが、申し訳なさそうな表情を浮かべる。

「それで、配属先は?」

今日は神学校の最終試験の結果が出てそれぞれの行く先が決まる日だった。

問いかけられたイーサは目を輝かせ胸を張った。長い黒耳もピンと伸びる。背後では小さな尻尾までぴこぴこ揺れている。

「それが聞いてくれよ! 本神殿に所属されたんだ」

「すごいじゃないか」

ユノは親友の快挙に嬉しくなった。神学校を卒業してすぐに王都の本神殿に所属されることなんて滅多にない。

「イーサ、頑張ってたもんな」

我がことのように喜ぶユノにイーサも笑みを深め、少ししてからふと表情を翳《かげ》らせた。

「ユノ。お前も頑張ってたじゃないか」

ユノは咄嗟《とっさ》に何も答えられなかった。笑みが凍り付いてしまった自覚がある。

「僕は、まあ、斎宮になるから。新米神官のイーサよりずっと偉いんだよ」

なんとか軽口を叩く。イーサは痛ましい目をしたけれど、何も言わずにいてくれた。

「そう言えば、もうどんな耳が生えてくるのかわかったのか？」

話題を変えてくれたイーサがユノの頭を覗き込もうと背伸びする。ユノは頭に触れて苦笑した。

「まだだよ。一年以上かかるそうだし」

「でも早ければ十ヶ月とかなんだろ？」

「そういう記録もあるけどね。でもさすがに十日じゃ何もわからないよ」

「そうか。まあ、俺も王都に残ることになったから、いつでも会いにこれるしな」

イーサの言葉にユノは頷いた。

「ねえ、イーサ。耳と尻尾ってどんな感じなの？そんなに長い耳、どうやって動かしてるの？」

「これ？」

イーサは耳の根元を摑んで難しい顔になった。

「どうやってって。うーん。四つ耳は耳も尻尾もちゃんと動くんだったよな？」

「うん。耳に聴覚がないだけで、他は獣人と変わらないみたい」

それも勉強した内容に含まれていた。生えてきた耳と尻尾は動かせるし、痛覚もあるらしい。獣の耳には元の只人の耳にあるような聴神経はないけれど耳介で空気や音は受けられるからよく聞こえるようになったという斎宮もいたようだ。

「ふうん。この辺？」

「あ、駄目！」

伸びてきた友人の手をユノは拒んだ。イーサが触れようとした部分を自分の手で触らないように覆って後退る。

「なんか、〈導き〉しか触ったら駄目なんだって。自分でもあんまり触ったらいけないって言われてる」

「〈導き〉だけ？」

「変な生え方しないように〈導き〉が管理しなきゃいけないんだって」

「管理？　なんか嫌な言い方だな。アルド神官がそんな風に言ったのか？」

イーサは眉間に皺を寄せる。

「アルドはそういう言い方しないよ。僕がそう解釈してるだけ」

ユノはついイーサに反論していた。自分では嫌い嫌いと言っているのに、他の誰かに悪く言われるのは我慢できない。自分はアルドのことがまだ好きだと思い知らされてしまう。嫌いだと何度も思い込もうとした。出世欲に溺れた冷たい人だったんだと自分に言い聞かせた。それなのに毎日アルドに触れられるだけで胸が苦しくなる。

「ふうん」

イーサはちょっと微妙な表情でユノを見てくる。耳がぴこぴこ動いている。なんだか気持ちを探られているようだとユノは身構えた。

「何？」

「いや、別に。それより耳の話だろ」

イーサの耳の動きが止まる。

「俺の触ってみたらちょっとはわかるんじゃないか？」

「いいの？」

ユノはぱっと表情を輝かせた。獣人の耳や尻尾を触るなんて機会は滅多にない。

「いいよ、ユノなら」

「じゃあ、遠慮なく」

ユノはイーサの兎の耳にそっと触れた。

「あったかい」

「そりゃ血が通ってるからな」

「痛くない？」

耳の先端を指で挟んでみる。外側の兎の毛がもこもこしていて気持ちいいし、柔らかい。

「くすぐったい」

「え、そうなんだ」

表面を撫でるように触っていたらイーサが耳をピッと動かしてユノの手から逃れた。

「ごめん。もうちょっとちゃんと触るね」

ユノは再びイーサの耳に手を伸ばした。

「っ」

だがその手首を摑んで阻まれた。

「アルド？」

「何をしているのですか」

ユノの手首を摑んだのはいつの間にかやってきていたアルドだった。最近見慣れてしまった無表情だが、今日はなんだか迫力がある。イーサなど、耳が後ろに寝てしまっている。

「何って、獣人の耳ってどうなってるのかなって」

「他人の耳や尻尾に無闇に触るのは失礼なことだとお教えしたはずですが」

確かに言われたことがある。アルドの屋敷で暮らすようになって、何年かした頃のことだ。何かの弾みでアルドの尻尾が目の前にきた。微《かす》かに左右に動く丸い先端の誘惑に抗《あらが》えずに触れて撫でさすってしまった。そのとき、勝手に耳や尻尾を触ることはとても失礼なことだといつにない剣幕で叱られた。以来、触りたいという欲求がどんなに湧いても我慢してきた。

「イーサが、触っていいよって言ってくれたんだ」

「殿下は現在斎宮候補として儀式に臨まれている最中です。〈導き〉以外の人間との親密な行為はお控え下さい」

「これくらいで？」

まるで恋人の浮気を咎《とが》めるような物言いだ。

「ええ。問題のある行為かと」

「僕はただ、参考にしようと思っただけだ」

「では私のものをどうぞ」

アルドは告げると、ユノの掌にふっさりした黒混じりの金の尻尾の先端を乗せてくる。

「えっ」

突然のことにユノは驚いて、思わず固まってしまった。

「どうぞ」

「どうぞ、って」

アルドの尻尾が手の中にある。

「斎宮候補と〈導き〉なら問題ありませんので、ご存分に」

なんだか苛立《いらだ》っているような雰囲気だ。

ユノは手を引っ込めた。支えを失ったアルドの尻尾はゆっくりと下がっていく。

「い、いらない」

「アルドの尻尾は、触らない」

掌に残っている柔らかな感触を握り締めながらユノは告げた。

家族のように一緒に暮らしたユノには駄目だと言った。今触らせてくれたのはユノが斎宮候補だからだ。もしユノではない誰かが斎宮候補になっていたとしても、きっとアルドは同じように尻尾を触らせたのだろう。でも不本意なのだ。苛立っているのがその証拠だ。

「いつもより少し早いけど、日課の身体検査だよね。イーサ、ごめん。今日は帰ってくれるかな」

ユノはアルドを目に入れないようにしてイーサに顔を向けた。

「え？　あ、ああ」

「王都に残るならいつでも来てよ。僕もイーサに会いたいし」

「わかった。じゃあ」

ユノは扉までイーサを送ろうとしたが、イーサはここでいいからと去っていった。

「彼はまさか本神殿の配属になったのですか？」

アルドは少なからず驚いたようだ。

「そうだよ。イーサは優秀だから。気さくで優しくて、僕が王子だからって態度を変えたりしない。それにすごく救われている」

親友を手放しに褒めると、アルドが険しい表情になった。

「変なことはしないよ。だから会うのも駄目なんて言わないで。今の僕が気を許せるのはイーサしかいないんだ」

アルドは何も言ってこなかったので、ユノはほっとした。アルドの気が変わらないようにと、踵を返して寝室に向かった。

九の月

儀式が始まって二度目の満月だ。

浴室から出ると最初のときと同じようにアルドが待ち構えていた。

儀式用の夜着に身を包んでいたが、その下の裸体を今のユノは知っている。

この一ヶ月、考えまいとしてきたのに、今日ばかりは無理だった。

「どうした？」

促されてユノはアルドを見ないようにしながら広げられた布の前に向かう。乾いた布が巻き付けられて水気を拭《ぬぐ》われる。

布越しに体温が移ってくるだけで鼓動が速まる。

今からまたこの腕に抱かれるのだ。毎日の日課の身体検査のように頭や尻に触れられるだけではなくて、口付けられ、覆い被《かぶ》さられて、貫かれて、揺さぶられる。

ユノはこっそり喉を鳴らした。アルドの手が性器も拭ってくる。必死で感じないように努めるのに、身体は勝手に熱を帯び始める。快楽を期待している。

（あ……）

ふと覚えのある匂いがしてきて、ユノは安堵《あんど》した。一ヶ月前にも焚《た》かれていた香だ。勃《た》ってしまっても、香の催淫効果のせいだと言い訳ができる。

アルドはそこを丁寧に綺麗《きれい》にする。ずいぶん長く時間をかけていると思うのはきっとユノの心情のせいだろう。全体を優しく拭われるだけではなく、裏側や二つの小さな袋の間にまで布を纏《まと》った指が潜り込んできて隅々まで水滴を落とされた。

終わる頃にはユノの身体に見合った小ぶりのものはすっかり天を衝《つ》いていた。アルドは何も言わずに儀式用の夜着を肩にかけ、帯を腰で結んで寝室に促す。

椅子《いす》に座らされ、鏡の前で髪を拭《ふ》かれる。寝室の香の匂いが強いせいもあってか、ユノの性器は勃ちっ放しだ。薬のせいにできても羞恥にいたたまれない。アルドがときどき鋭く凝視してくる気がする。

髪が乾くと、アルドは窓を閉め、部屋の明かりを落とした。それから腕を引かれて寝台に連れていかれ、帯に手をかけられた。

何も言ってくれないのはどうしてかと思って、そう言えば最初の儀式のときにしゃべらないでと自分が願ったのだと思い出す。

裸にされて口付けられ、寝台に押し倒される。

「待って、アルド」

アルドに覆い被さられる格好で、ユノはアルドの肩を押しやった。

「しゃべらないんじゃなかったのか?」

「……最初のときみたいなのは、嫌だ。怖くて、苦しい」

初めてなのに激しくされて制止も聞いてくれなかった記憶が蘇ってきた。

「……どんな風にすればいい?」

「どんな風って」

ユノには経験がないからわかるわけがない。暗がりの中、アルドの顔もよく見えない状況下で一生懸命考える。

「優しくして欲しい」

「例えば、恋人みたいに?」

甘美な響きにユノの身体の芯が疼《うず》いた。

「そう。うん。恋人みたいに。もちろん、儀式に必要なことだけでいいから」

恋人ではないけれど、恋人にするみたいにしてもらえたら、儀式と知らしめられる辛《つら》さが和らぐ気がする。

「本当にいいんだな?」

アルドは少しだけ間を置いてから、確認してきた。

「うん」

「わかった」

「っ、んぅ」

ゆっくり唇を塞がれる。その仕草がこれまでとは少し違っている気がした。上唇と下唇を順に吸われ、ちゅっ、ちゅっと、可愛《かわい》らしい音を立てて啄《ついば》まれる。潜り込んでくる舌の動きも慎重で、ゆっくり深まっていく。

(本当に、恋人同士の口付けみたい)

唾液をたっぷり送り込まれて、秘薬の味が満ちてくるけれど、それ以上に仕草の甘さにユノの心が揺さぶられる。

アルドは口付けながら、大きな手でまるでユノの全てを知りたいとでもいうように首筋から顎をなぞっていく。アルドの体温がユノによく馴染《なじ》んで触れられるだけでも心地いい。自分の身体がふるりと震えたのをきっかけに、ユノはアルドの手に自分の手をそっと重ねてみた。

「ユノ」

アルドが驚いたようにユノの名前を呼ぶ。しまったと思いユノは手を離そうとしたのに、アルドの手に指を絡められて寝台に押し付けられた。

「ユノ、ユノ」

低音が切なげな響きを持って耳朶《じだ》をくすぐる。演技だとわかっていても愛《いと》おしさが込み上げてきてしまう。

そのまま事は静かに進んでいった。

アルドは口付けを続けながら、空いている方の手をユノの身体の線を確かめるようにゆっくり下に移動させていく。首筋から胸の真ん中、臍《へそ》の上辺りで円を描く。触れられるとそこが温《ぬく》もっていって陶然としてしまう。ついにアルドの手は先端に雫《しずく》を溜《た》めた性器に辿《たど》り着く。

「っ」

幹に指を絡められて、ユノはびくびく震えた。そこは儀式には必要ないはずだけどとは思ったが、触られると気持ちよくて、拒めない。

「ん、ん……」

自慰の経験はある。寮生の友達とそんな話になって、彼は恋人がいないときは一人で数日と置かずにやっているなんて言い出した。ユノはそれまで夢精くらいしかしたことがなくて、彼の話に衝撃を受けた。友達からユノは？　と問われて、一度もしたことない、なんて言えずにいるうちに、イーサがユノにそんな質問はするなと止めてくれて有耶無耶《うやむや》にすることができた。

その夜、ユノは初めて性的な意思を持って自身に触れた。頭の中に浮かんでいたのは最初から最後までアルドだった。拙《つたな》いながらもなんとか果てて、解放感の後に酷《ひど》い罪悪感に襲われた。もう二度としないと思ったのに、結局一度知った快楽を我慢できなくて、その後も何度もしてしまった。

でも本物のアルドに触れられると、自分でするよりも何倍も気持ちがいい。同じ男だからか、感じる触り方を心得ているらしい。

「ん、んんんっ」

二つの袋ごとやわく揉《も》みしだかれて、いきそうになった。繋《つな》がれたままの左手をぎゅっと握り返して顔を振って訴えると、寸前で解放された。

アルドの手を汚さずに済んだことにほっとしていると、左手を解《ほど》かれる。掌に感触は残っているけれど寂しくて拳を握った。

（あっ）

ユノは喉を反らして喘《あえ》いだ。アルドが両脚を抱え上げてきたからだ。交わる場所に指を這《は》わされる。香油が足されて指を飲み込まされた。一本目は驚くほどすんなり入ってきた。二度目だからか、恋人のように優しくされて身体の緊張が解《ほぐ》れているせいか。

「ユノ」

中を弄《いじ》られながら、屈《かが》んできたアルドの口付けを受ける。中を解されながら熱心に口付けられた。

どれだけそうしていたのか。口付けがようやく止んだ頃には、唇や舌がじんじんしていた。アルドの指が抜けていき、両脚を抱えなおされる。硬くて熱い切っ先が秘められた場所に押し当てられ、ぐちゅっと音を立てて入ってくる。

「あ……っ」

ユノは寝台の上に仰向《あおむ》けになってアルドを受け入れた。

「っ、ん」

アルドの動きは緩やかだ。ユノの中にじっくり押し入り続ける。

「んっ、ん、ん」

泣きそうになるくらい時間をかけてやっとユノの一番奥まで入ってきた。

「動くぞ」

どこか切羽詰まったような宣言の後、一番奥の位置からずんっと突き上げられた。衝撃でユノの身体が跳ねた。びゅくっと、先端から精子が溢《あふ》れたのがわかった。

（うそ、今ので……？）

だが、完全な射精ではなく、溢れたのは少しだけで済んだようだ。

（気付かれて、ないよね？）

触れられてもいないのにイっただなんて知られたくない。アルドは何も言わず、規則的な律動を始めた。

（どうしよう、気持ちいい）

前回は苦しかったけれど気持ち悪かったわけではない。でも前回とは比べものにならないくらい気持ちがいい。自分の身体は、たった二回ですっかりアルドに抱かれるためのものになってしまっていた。

（アルド、アルド……）

「ユノ」

心の呼びかけが聞こえたかのようにアルドが身体を屈めて口付けてくれる。ユノはアルドの逞《たくま》しい肩に手を添えた。アルドは口付けながら前も宥《なだ》めてくれる。疼くようにアルドを求める奥と、甘く痺《しび》れる唇と、男の部分と、全部一緒に愛撫されて正気を失いそうになるくらい気持ちいい。まるで本当に恋人として求められているようだ。

(ずっとこの時間が続けばいいのに)

最初のときの何倍も長い時間をかけてアルドはやっと達してくれた。身体の奥に熱いものがかけられたのがわかる。ユノもやっと達することができて身体が弛緩《しかん》する。

もう季節は秋なのに、火照《ほて》った身体は汗ばんでいた。アルドも同じで、触れ合った肌がしっとり吸い付き合って、愛おしく思えてしまう。このまま抱き締められていたら、本当に恋人同士になったと錯覚してしまいそうだ。

「んっ」

勘違いしないためにも離れたいのに、アルドの熱を持った身体はユノの中に入ったまま動こうとしない。微《かす》かに聞こえてくる吐息は少し荒くてそれを鎮めているのかもしれない。時間が経つほどに自分の中の熱がまた上がってくるのがわかる。こんなの知られたくない。早く抜いてと、しゃべるわけにはいかないからユノはアルドの胸を叩《たた》いて訴えた。

「秘薬を中にとどめるためだ。最初のときはほとんど零《こぼ》してしまっただろう」

「っ。あっ」

そうだった儀式だった。錯覚しそう、ではなく錯覚してしまっていた。

込み上げてきた羞恥のせいで思わず喉を鳴らして秘薬を飲み込んでしまった。アルドが苦笑して唇を塞いでくる。

「んっ」

繋がったままの口付け。本当に恋人同士ならどれだけ甘いものだっただろう。でもこれはそういうものじゃない。ただ秘薬を渡すだけの作業だ。

これ以上気持ちよくなるわけにはいかない。もう十分だからとユノは口の中を探るように動くアルドの舌を自分の舌で押し返す。

「ん……ッ?」

慣れないことをしてしまったからなのか、アルドの舌が自分の舌に絡みついた。いやらしくぬるぬると擦《こす》られて、下肢がじんと熱を持つ。アルドを咥《くわ》え込んだままの場所がきゅんと締まった。

（アルドの、まだ、硬い）

アルドの状態を感じた瞬間、じわっと何か熱いものが身体に生まれた。

「んっ、ん……」

身体がおかしい。感じる場所を突かれているわけじゃないのに、気持ちいい。怖い。

「も、いいからっ」

ユノはアルドの肩を押しやった。解放された唇の端から唾液が溢れる。ユノはそれをぐいと手の甲で拭った。

「もう今日は終わり。出ていって」

「そうだな」

アルドは納得するとユノの言葉に従ってユノから離れていった。

「うくっ……」

ゆっくりアルドのものが抜かれる刺激に思わず声が漏れる。ああ、こちらも零さないようにしないと、ユノはぎゅっと尻に力を込めた。

「拭くものと薬湯を置いておく」

アルドは寝台の上で掛け布に包《くる》まって丸くなるユノの背中に声をかけ、静かに部屋から出ていった。

一度目のときよりは身体は楽だった。寝台脇の小卓に置かれている薬湯に手を伸ばし、飲み干す。微かに苦い味に顔を顰《しか》め、もう一度横になる。

「身体も拭かなきゃ」

そう思うのに、動こうという意思が起きない。もうちょっとだけ、あと一呼吸したら、いいや、少しだけ眠ってから……。

こんなことを、あと何回繰り返さなければいけないのだろう。

ぼんやりしてきた頭で考える。

「一年……」

儀式は大体一年で終わるという。ならばあと十回だ。

「一年で終わるはずだから」

嗚咽《おえつ》を漏らしながら、次第に瞼《まぶた》が落ちていく。

（あ。アルド……？）

去ったはずのアルドの匂いがした気がする。だが
ユノはふわわふわと眠りに引き込まれていった。

＊＊＊

二度目の儀式から十五日が経った日。ユノは初めて王城を出ることになった。行く先は神殿だ。

王族のお忍び用の馬車に乗せられたユノの頭には布が被せられている。斎宮《さいぐう》候補は儀式が始まってから完遂するまでは途中の姿を隠さなければいけない決まりだ。どのような獣の特徴が現れているかは披露目の日まで一部の者以外には秘される。まだ兆候すらないのに隠す意味はあるのかとユノは溜息《ためいき》を零した。

ごとごと進む馬車の向かいにはアルドが座っている。いつも通り神官服をきっちり身に着け、微動だにしない。

「何か？」

ユノの視線に気付いたアルドが金色の瞳をユノに向けてくる。ユノは顔をふいと背けて窓にかけられた布を少し上げて外を眺める。

城を出てしばらくは貴族の住まう邸宅が建ち並び、さらに進むと庶民の暮らす地域がある。神殿はその境界辺りに位置している。

四十五日ほど前、ユノは今とは反対の道のりで城に連れていかれた。そのときの街並みと目立った変わりはない。ただ季節だけが移ろって、まだ夏の熱気を残していたはずの街のあちこちから秋の気配が漂っている。街路樹の葉が黄色く染まり始めている。

「あ……」

目的地が見えた。

神殿の荘厳な建物を目にした途端、ユノはなんとも言えない感覚に陥る。郷愁と言えば一番近いだろ

うか。一ヶ月半くらい前までユノはこの神殿内の神学校と寮を往復するばかりの日々を過ごしていた。

馬車は裏口の門から入り、王族のみに開かれる小さな入り口の前に停まった。

「殿下、どうぞ」

アルドが先に降り、ユノに手を差し伸べてくれる。ユノは少し迷ってからその手を取った。胸がじくりと痛む。

恋人のように優しく抱いて欲しい。そう願ったからか、アルドは普段からユノに対して恋人に接するような態度を取るようになった。今も手を取ったまま、身を寄せるようにして道案内してくれる。

ユノは今日、無事に斎宮になれるよう儀式の完遂を願う祈りを神殿で捧げる。

特別な入り口から入ったので神殿内ではほとんど人には会わなかった。僅《わず》かに行き合った神官はユノの格好とアルドを見て、お忍びの斎宮候補と気付いたのだろう。静かに道を譲ってくれた。

「殿下、ようこそいらっしゃいました」

「何故《なぜ》あなたが」

行き着いた先で只人《ただびと》の神官が迎え入れてくれる。ユノよりも先にアルドが反応した。只人の神官はアルドを無視してユノに礼をしてくる。

「私はイネスと申します。本日は殿下の補佐を務めさせていただきます」

「イネス神官」

名乗られた名前にユノは思い当たる。アルドの出世競争の相手だ。

被った布の隙間から覗《のぞ》くイネスは、見目はよいが、どこか神経質そうな雰囲気の只人だった。

「ではアルド神官、あとは私が」

「……よろしくお願いします」

ユノの背後でアルドがいつもより低い声で応じる。争っているだけではなく仲も悪いのだとユノは知った。アルドに人の好悪があったことが驚きだ。基本的にアルドは平等だし、関わりたくないなら無関心を貫くのに。

「さあユノ殿下、こちらへ」

「は、はい」

ユノはイネスに従って部屋の中に入る。背中にアルドの視線が突き刺さった。

神殿の中でも王族だけが入ることのできる特別な祈りの間だ。獣人は入れない決まりになっているので、祈りの補佐は只人の神官が行うことになる。その補佐がイネスになったとはアルドも顔を合わせて初めて知ったらしい。

イネスの他にも男女一人ずつの合計三人がユノの補佐として祈りの間に入る。扉は閉ざされず、アルドは控え室には行かずに扉の手前から儀式を見守るらしかった。

「殿下、本日の祈りの言葉ですが、差し支えなければ私が隣からお教えしますが」

「あ、いいえ。覚えてきました」

イネスの提案を断ると、イネスはぱっと明るい表情を浮かべた。

「それは素晴らしい。そういえば、殿下は神学生として優秀な成績を修めていらしたとか」

「とんでもないです」

イネスの言動からは今のところ権力争いをするような雰囲気は感じられない。神経質そうな外見に反してむしろ人当たりがよく世話好きなように思える。

「謙遜は無用ですよ。さあ、こちらへ」

部屋の奥にはノワ神の像が鎮座していた。全国民に向けて開かれている大礼拝堂の祈りの間の像に比べると小さいが、ほんのり透ける乳白色の石から全身が削り出されていて、優しい雰囲気が漂っている。

「殿下は今の世のありようをどう思われますか?」

残りの二人の神官が準備をしている中、ユノの傍《そば》に侍《はべ》ったイネスが問いかけてきた。

「え?」

ユノは質問の意味がわからず横のイネスを見た。

イネスは目を細める。

「御母堂《ごぼどう》は猫族で、神学校に入学されるまではアルド神官のもとで暮らされていたと聞いております。只人と獣人についてどう感じていらっしゃいますか？」

「どうって。特に」

まったく意図がわからない。

「あ、いえ。只人も獣人も平等です。ノワ神が仰《おつしや》るように、どのような出自であっても同じ人間なのですから」

只人の支配を嫌う獣人が存在するというアルドの話を思い出して、ユノはおそらく一番無難だろう答えを口にした。するとイネスが少し驚いた顔をした。

「本当にそう思っておいでなのですか？」

「え？　はい」

「そうですか」

イネスは僅かに思案するように目線を移動させた後、にっこり微笑《ほほえ》んだ。誤魔化されているとユノは感じたが、初対面の相手を追及するのは憚《はばか》られた。


「イネス神官、準備が終わりました」

ちょうどそのとき、二人の神官が告げてきたので、話はそこで終わりになった。

「殿下、こちらに」

ユノはイネスに言われるまま位置に着き、覚えたばかりの祈りの言葉を紡ぎだす。斎宮候補と斎宮だけが行える祈りはさながら歌のようだ。美しい旋律に乗せて人の世の平和を祈る。乳白色のノワ神に優しく見守られながら、ユノは少したどたどしいながらも一度も間違わずに歌い上げることができた。

「お見事でした。このような方が斎宮になられるなんてノワ神もお喜びになられたでしょう」

イネスが大仰に褒めてくれる。

「そんなことないです」

謙遜しながらも勉強の成果を褒められることは純粋に嬉《うれ》しかった。

「いいえ。確かに覚えたてだなと思う部分もありましたが、一年後には歴代の斎宮にも負けない素晴らしい祈りを行えるようになっていると思いますよ」

拙い部分もきちんと指摘されて、ただのお世辞ではなかったのだとユノはもっと嬉しくなった。

「はい。ありがとうございます」

アルドと競争しているならどんなに怖い人なのだろうと思ったが、少なくともユノに嫌なことはしてこない。初対面だから気を許すのは早いが、それほど警戒はしなくてもよいのかもしれない。

「殿下はお可愛らしいですね」

にこやかに微笑みかけられる。

「可愛い、ですか？　確かに僕は小さいですが」

小柄な自分には劣等感がある。

「小さいのがお嫌いですか？」

「イネス神官は背が高いから僕の悩みがわからないんです」

「そうですか。私は好きですよ、殿下の可愛らしいところ。どうでしょう。斎宮となられた後、私と結婚するというのは」

「結婚、ですか？」

思わぬ単語が出てきてユノは思わず聞き返した。

「はい。結婚です。斎宮になるまでは〈導き〉以外が触れることはできませんが、斎宮となられた後はご自由です。結婚もその相手も殿下の望むようにできます」

斎宮配という言葉がユノの脳裏に閃《ひらめ》く。歴代の斎宮の半数以上は自身の〈導き〉と結婚している。〈導き〉が途中交代されない限り一年もの間、儀式を共にするのだから当然のことかもしれない。だが、生涯結婚しない斎宮もいれば、〈導き〉以外と結婚した斎宮もいる。斎宮の結婚相手は斎宮配と呼ばれ、斎宮と同等の立場に立つことになる。

ユノは唇を引き結び、イネスを見据えた。消えかけていた警戒心が再び戻ってくる。

「それは斎宮配が〈導き〉よりも上の立場だからですか？」

「そう思って下さっても結構ですよ」

イネスは否定しなかった。

結局イネスもアルドと同じように自分を利用するつもりなのか。

「ですが殿下ご自身が好ましいと思ったのも事実。それに只人はやはり只人同士の方がよくわかり合えると思うのです。どうか考えておいてください」

続けて告げられた台詞《せりふ》はユノの心を波立たせた。

(只人は只人同士の方がわかり合える？　そんなはずない)

人と人が心を通わせ合うのに、只人と獣人の違いなんてない。すぐに否定しなければと思うのに、何故か心に引っかかりを覚えて、言葉を失ってしまった。

「イネス神官」

遠くから低い声がかかった。

「儀式が終わったならユノ殿下をこちらへ」

アルドが見守っていた入り口までは距離があり、先程の会話は聞こえていなかったと思う。いいや聞かれていたって困る内容のものではない。それなのにユノの胸には奇妙な罪悪感が生まれる。

「殿下、どうぞ」

イネスに先導されて扉まで戻る。

「この祈りの間は只人にしか入ることはできませんが、四つ耳は獣人の外見を持っていても基本は只人ですから、これからもご自由にお使いいただけますよ」

アルドに引き渡す直前、イネスはそんなことをユノに教えてくれた。当たり前のことを言われているだけなのに、どこか違和感を覚える。その正体を見極めようとしたユノの手がぐいと引かれた。

アルドの手は来たときよりも熱い気がした。

「私に取られるのがそんなに怖いですか」

手の温度に気を取られて、イネスの言葉を聞き取れなかった。

「え？」

イネスを振り返るが、斎宮候補への礼で頭を下げているところで、イネスの表情は見えなかった。

「殿下。予定が過ぎています。講義のお時間に間に合わなくなります」

「もうそんな時間？」

アルドに急《せ》かされてユノは焦った。この後、礼儀作法の講義が控えているのだ。教師は厳しい人で、時間に遅れたら王族だろうが斎宮候補だろうが容赦なく罰を科される。ユノはイネスの最後の言葉を聞き返す余裕もなく慌ただしく王城の自室に戻った。


「茶色い毛が生えている」

アルドにそう告げられたのはその日の夕方だった。講義が終わった後に日課の身体の確認をされている最中だった。最初の儀式から四十五日ほど経過しているから、そろそろ身体に変化が起こっても不思議ではない。

「茶色。いや、茶褐色か。まだ判別は難しいな」

ユノの髪は黒だから、茶色というのは明らかにユノがこれまで持っていない色だ。秘薬の効果に違いない。

反射的に頭に触ろうとした手を取られて、その場所に導かれる。

「そっと触るだけだぞ」

恋人ごっこの一環なのか、アルドは二人きりになるとまったく敬語を使わないようになっていた。

「うん」

四つ耳になることは未《いま》だに不安だが、これまで全く兆候がなかったため、それはそれで不安だったのだ。

壊れ物に触るように頭皮に触れて探っていると少しだけ触感の違う部分がある。反対側にも同じような部分があった。

「そこだ。まだ産毛のような細かさだ」

「これが……」

「ああ。それにその辺りが少し盛り上がっているのがわかるか？」

周囲を撫《な》でると確かに少し瘤《こぶ》みたいになっていた。

「そこまでだ」

ぐりぐり弄ろうとしてみたら、アルドに手を頭から引き離された。指先に残る感触を拳の中に握り締める。心臓がドキドキしている。

「何の耳？」

動揺をなるべく表に出さないように聞いてみるとアルドは苦笑した。

「今わかるのは色くらいだ」

「そっか」

茶褐色。犬、猫、兎《うさぎ》、栗鼠《りす》、馬や山羊《やぎ》だって茶色はある。他には……。

目の前にユノの身体を検分するアルドがいる。アルドの獅子《しし》の耳は金色だ。

「獅子じゃ、ないよね」

目の前で検分していたアルドが瞬いた。

「どういう意味だ？」

「別に深い意味はないけど」

ユノはアルドから目線を外して誤魔化した。

「獅子の色にも色々あるからな。黒が強く出る者もいるし、私は家系的に薄い色だが、もっと黄みがかっていたり、茶褐色の者もいる」

「そうなんだ」

素っ気なく答えながら、ユノは自分が獅子になる可能性が無でないことを知った。

（アルドと同じだったらいいななんて、なんで思っちゃうんだろう）

先程のイネスの、只人同士の方がわかり合えるという言葉がふと浮かんだ。心の奥底で引っかかっていたのかもしれない。

自分はどうしたってアルドに近付きたいのだと呆《あき》れてしまう。

「こちらは……黒か」

続いて確認された尾てい骨の辺りには黒い毛が生

えているらしかった。

茶色の耳と黒の尻尾《しっぽ》。アルドと似たような配色だ。獅子の可能性も十分にある。ユノはアルドの尻尾をじっと見詰めた。

「尻尾もアルドと似た色だね……」

「獅子がいいのか？」

「ま、まさか！」

心の中を読まれたかのように問われてユノは急いで否定した。

「兎なんかいいなって思って。耳が長いと遠くの音もよく聞こえそうだし」

「あんなものやめておけ」

イーサのことを思い出して適当に言うと、アルドは唾棄《だき》するように言った。珍しい強い口調にユノは瞬く。

「どうして兎は駄目なの？」

「四つ耳の獣の耳には聴神経はない。耳介《じかい》はあるから音は受けられるかもしれないが。もともと獣の耳を持たない只人には長い耳は邪魔になるだけだ」

もっともな理由が返ってくる。

「でも兎なら尻尾は短いし」

小さくてちょこちょこ動くのは可愛いと思う。とはいえ兎の話は適当に口にしただけなので兎がいいというわけではない。それに小柄な自分に短い尻尾はますます子供っぽく見られそうで、できれば避けたい。

そんなことを考えながら尻尾の方も自分で触ると確かに毛の感触があって、皮膚が盛り上がっている気配がある。

「痛みや違和感は？」

「言われてみたら、ちょっと痒《かゆ》い、かも」

普段は触るなと言われているから変化に気付いていなかった。気付いた途端になんだかむずむずしてくる。

「もう触るな」

「ひゃっ」

突然アルドが屈み、尻尾の生えかけの場所をざらりと舐《な》めてきた。頭にはよくされていたけれど、そちらは初めてだ。逃げようとした腰をがっちり摑《つか》まれて逃げられない。

「あっ、う……」

舌がねっとり触れる部分とさりさりした感触の部分があって、後者が多分毛が生えている場所なのだろう。舐められていると、獣人の持つ治癒力のせいなのか、むず痒さが治まってくる気がする。でも代わりに身体に熱が生まれる。その下の触れられていない暴かれた場所が切なげに疼く。十五日前、二度目の儀式のときに感じたのと同じものだ。

「アルド、やだ。やだ……」

「感じているのか？」

アルドの腰に回っていた手が昂《たかぶ》り始めていた性器に触れた。

「あっ」

びくんとそこが震えて瞬く間に完全に上を向いたのがわかった。アルドが立ち上がり、背後からそこを握ってくる。

「アルド……？」

「耳も尻尾も敏感な部分だ。感じても仕方ない」

「え、ま、まって、あっ」

アルドは今度は耳の毛が生えてきている部分を舐めてきた。こちらは毎日続けられているのに、今日に限って敏感だ。

「や、あ……っ」

何故か勃起《ぼっき》したものまで大きな掌に包まれて扱《しご》かれる。

「アルド、やめてっ」

ユノは訴えてアルドの手をどかそうとするが、力を入れようとする度に耳の生え際を舐められ、前を刺激されてどかせない。

「んっ、あ……。やだっ」

力が抜けて立っていられない。それをアルドが空いている左手で抱き締め、股間に太腿を差し込んで支えてくる。太腿が敏感な部分を押し上げてくるのでそれもまた刺激になってしまっていよいよ脚に力が入らない。

「アルド。お願い、も、や、あ、あっ、駄目、出るからっ」

離してとお願いしたのにアルドは離してくれなかった。それどころか性器と耳と尻尾の生えかけを全部一斉に強く刺激してきた。

「あー……っ」

ユノはたまらずに極めていた。アルドの身体に支えられ、立ったまま、温かい掌の中に白濁を放ってしまう。がくんと膝が折れたが背後から支えてくれているアルドのお陰で床に崩れずに済んだ。ユノは脚に力を入れて踏ん張る。そのままアルドの腕から逃げて寝台と壁の間に身を隠すように蹲《うずくま》った。

「今の、なに……?」

快楽の余韻に震えながらユノは問いかけた。

「なんでこんなこと……っ?」

舐められるのは毛繕いだと聞いていたが、性器に触れられて射精させられる意味がまるでわからない。

「あのままだと辛いだろう?」

アルドは手の中の白濁を取り出した手布で無造作に拭った。

「そんなの放っておいてよ」

「次の儀式まであと十五日ある。その間に溜まって誰かと関係を結ばれては困るからな。お前の〈導き〉は私だ」

「今、なん、て、言ったの……?」

「先程、イネス神官に口説かれていただろう」

聞こえていたのだ。

「あ、あれは、斎宮になった後の話だ」

「イネス神官の申し出を受ける気なのか?」

「う、受けるわけない!」

ユノは寝台の陰で身を縮こまらせたまま叫んでいた。

未だにアルドが好きなのに。アルドと心が結ばれないままこんな関係になっているのも不本意なのに。

「お前はもう男に抱かれる身体になっている。女性と結婚するのは難しいのではないか」

ユノは言葉を失った。そういう風に仕向けたのは誰だ。

儀式で男に抱かれるだけではなく、結婚も男としろと言うのか。

斎宮配という言葉がユノの脳裏を過《よぎ》る。ああそうかと思った。

「アルドは、僕と結婚したいの？」

「願わくば」

迷いのない答えだった。

そんなに権力が欲しいのだろうか。

「僕はアルドとは結婚しない」

半泣きになりながらもユノは言い切った。〈導き〉に選んだだけでももう十分にこれまでの恩は返せたはずだ。結婚くらいは自分の好きにさせて欲しい。誰がアルドと結婚なんかするか。したら一生このまま苦しむ。

「ではイネス神官とするのか？」

アルドは珍しく至極不機嫌そうに言ってきた。

「しないって言ってる！」

「……ならいい。最近は冷え込むようになってきた。私は出ていくから早く服を着なさい」

アルドは溜息を一つ零して寝室から出ていった。

ユノは寝台の陰で返事もせずにじっと蹲っていた。

＊＊＊

アルドはユノのもとを去った足で神殿に戻った。

ユノはアルドの手で四つ耳になり、斎宮になる。まだはっきりした形もわからない小さな耳も尻尾も、アルドが抱いたから生えてきた。あれはユノがアルドのものである証《あかし》だ。

愛おし過ぎて、触れることに我慢がきかなかった。相変わらず無防備だったユノの可愛らしさを思い出すと、ユノを自分から奪う可能性のある者は誰が相手でも許さないという気持ちがより強くなる。

イネスには一刻も早く釘《くぎ》を刺しておかねばならない。

「イネス神官はどこにいるかわかるか？」

神殿に戻ってすぐにイネスの居所を聞いて回る。顔はいつも通りのはずだし、尻尾も動かしていないのに怒気が漏れ出ているのか、聞いた神官達は積極的に協力してくれて、居場所はすぐに知れた。

イネスは本日の勤めを終えたのか神殿の庭で茶を楽しんでいた。

「おや、アルド神官。珍しいですね。あなたが訪ねてくるなんて」

アルドの訪れをイネスは余裕たっぷりの笑みで迎えた。まるでアルドが来るのを知っていたかのようだ。

「殿下に妙なちょっかいをかけないでいただけるか」

「それは〈導き〉としてのお言葉ですか？」

「そうだ」

「私はただ殿下に結婚を申し込んだだけですよ」

「殿下を私欲のために利用することは許さない。結婚の申し込みの件を撤回しろ」

イネスはそれをお前が言うのかという顔になり、にっと笑った。

「嫌です」

「なんだと？」

「私は殿下を間近で拝見して、この可愛らしい方と結婚したいと思ったから申し込んだだけです。自由恋愛へ口出しする権利はあなたにはありませんよ。〈導き〉だとしてもね」

常に冷静なアルドの金の瞳が燃えるように揺れた。

「あはは。思い出しましたよ。以前あなたと喧嘩《けんか》になりかけたのも殿下のことが原因でしたね。あのときはあなたの後見している神学生が王族だなんて夢にも思わなくて、只人の神官なら私の下に付けて私が教育係になると言ったのでしたっけ」

「あれは」

「焦ったでしょうね。あなたの奥の手が私に奪われそうになったんだから」

ノワ神の教えを説く神官内でも、只人の神官と獣人の神官とはどんなに平等でも決して同じものとしては扱われない。只人しか入れない場所やできない仕事、逆に獣人だけの場所や仕事があるからだ。そのため只人の新米神官は只人の神官に付き、獣人の新米神官は獣人の神官に付くのが通例になっている。

二つの種族の融和を願う神の神殿は、皮肉なことに、両種族が最も区別される場所でもあるという矛盾を抱えている。しかし、斎宮さえいれば、その存在をもっとも身近で感じられる神官に獣人と只人の対立は生まれることなく、手を取り合うことで両者が結び付けられる。問題は区別ではなく、互いへの悪感情や差別なのだ。

「あなたが私には任せられないと妙に執着しているようなことを口にするから、あなたと殿下との関係を邪推して揶揄《からか》ったらあなたに摑みかかられたんでしたね。残念だ。あのとき本当に殿下を誑《たぶら》かして身体の関係に持ち込んでいたら、殿下は斎宮候補になれなかったのに」

「イネス！」

思わず敬称も付けずに吠《ほ》えていた。

「ああ。私はあなたのその顔が見たかったんですよ。獣の顔だ。獣人なんて所詮本能に逆らえない下等な生き物だ。しかも獅子だなんて。獰猛《どうもう》な肉食獣が神官になんてなるべきじゃない」

イネスは笑みを消し去り、アルドに憎々しげに言い放った。

「お前は、融和の反対派か？」

ふと、イネスは再び笑みを浮かべる。

「まさか。今のは本心からの言葉ではありません。忘れて下さい。ただ私は、獣人のあなたが私よりも上にいることが許せないだけですよ」

イネスの実家は高位貴族だが、只人至上主義の思想にかぶれた王家の傍系の男を斎宮に押し立てようとした。王家の一部や有力貴族にすら獣人を蔑むような思想が蔓延《はびこ》っているのも斎宮不在が長く続いているせいかもしれない。

イネスが言いたいことを言って立ち去った後、アルドは独り言《ご》ちた。

「獣か」

先程のことを思い出す。

ユノの傍にいるとユノに対する情欲が暴走してしまう。自分の腕の中で快感に震えるユノに我慢がきかなくなった。ユノはやめてと言っていたのに、これは自分のものだと吠える本能のままにユノを翻弄した。

自分は確かに獣なのだろう。

十の月

　さああと雨音が聞こえてくる。小雨だが湿気を運んでくるから肌寒い。レニエが暖炉に火を入れましょうかと提案してくれて、どうしようか迷っているうちに来客が告げられる。

「イーサ！」

　やってきたのは雨の匂いを纏《まと》わせたイーサだった。

　イーサが訪ねてきてくれるのは一ヶ月ぶりだ。

「ユノ。久しぶり。悪いな、全然来れなくて」

　イーサは真新しい白の神官服を身に纏っていた。全体的には凛々《りり》しいのに、黒くて短い尻尾が白い神官服から出ているところはなんとも可愛らしい。

「ううん。来てくれただけで嬉しい。神官服、よく似合ってるよ。すごく格好いい」

　尻尾の可愛さのことは言わずに褒めるとイーサはまんざらでもなさそうにくるりと一回転した。背後で尻尾がぴるぴる動いていたのでよっぽど嬉しいのだろう。イーサは上流階級の出ではないから、耳や尻尾が感情のまま動くことにはあまり頓着しないらしい。ユノは斎宮だから動かさないように訓練しなければならないと行儀作法の教師に言われている。

「こっちに座って」

　ユノはレニエにお願いして暖炉に火を入れてもらい、暖炉の前の寝椅子にイーサと並んで座った。

「ユノ、なんか変わったな」

「え？」

　不意のイーサの言葉にユノは瞬いた。

　ユノは頭にすっぽり布を被っている。イーサはノワ神に仕える神官だし、旧知の間柄だからと面会までは許されたが、生えてくる耳や尻尾までは見せるわけにはいかなくて、事前にレニエに被せられた。

「痩せて、はないよな？」

「うん、変わらないと思うけど。むしろ沢山食べてるし」

最初の頃は食べる気も起きなかったが、王城の料理人が腕を振るう食事は最近の唯一の楽しみだ。

「そっか。なんか、ほっそりした気がしたけど。……むしろ色気か」

「色気って」

ユノは苦笑した。

「イーサはどうしたの？」

どちらかというとイーサの方が酷く疲れて見える。

「あー。本神殿、きつい」

寝椅子に上半身をぐったり凭《もた》れさせ、イーサは虚空に向かって呟《つぶや》いた。正式に神官になって働き出したから忙しいのだろうと思っていたが、どうやらユノの予想を上回っているようだ。

「俺、絶対に目の敵にされてる。地方の神殿から移ってきた中堅の神官以上の仕事が回されてくるんだぞ。一年目の神官に、少人数相手とはいえ、説教させるかよ」

「説教、もうしたの？」

説教は神殿に集まった人々にノワ神の教えを説く仕事だ。普通、一年目の神官に回ってくることはない。

「それがやらされたんだ」

「すごいじゃないか」

褒めるとイーサはにやりと笑って、あー！　と声を上げた。

「すごいだろって言いたいところだけど、相手は子供。孤児院の子供への無償奉仕の一環。話の代わりに歌を歌ってやったよ」

小さな子供達に歌をねだられているイーサの姿が容易に想像が付いて、ユノは笑ってしまった。

「でもイーサ、子供好きだろ？」

「好きだけど、疲れる」

「若いから体力に期待されてるんだよ」

神学生には奉仕活動や神殿の手伝いが付きもので、ユノも何度も孤児院に行ったことがある。子供達は元気いっぱいでいつも振り回された。特にイーサの長い耳は大人気で、やんちゃな子供達によく追い回されていた。

「あとな、他にも雑用とかお使いとか、朝から晩まで忙しくて。今日、雨で予定が一つなくなって、やっとユノに会いに来られた」

「ありがとう。そんなに忙しいのに来てくれて」

ユノは嬉しくて笑顔になる。

イーサが瞬き、そして笑い出した。

「何?」

笑うところがあっただろうか。怪訝《けげん》なユノにイーサは笑みを深める。

「いや、なんでもない。なんか疲れが吹っ飛んだ。お前、本当に可愛いよな」

「なにそれ。また僕が小さいって話?」

「小さいのがいいんだろ。学生のときは小さいお前が頑張ってるのを見てると、ああ自分も頑張らなきゃなって思わされた。お前がいてくれて本当によかった」

「イーサ」

ユノはなんだか感動してしまった。

「僕こそ、イーサがいてくれたから、学生時代とても楽しかったよ」

「ふふん。そりゃよかった」

イーサも上機嫌で応じる。兎の耳も嬉しそうにぴくぴく動いている。イーサと二人で話していると緊張が解れてきて、ユノはやっぱり自分は気を張って暮らしているんだなと実感してしまった。

ユノは行儀悪く腰枕を抱き締めて寝椅子の肘掛けに凭れる。相変わらず〈導き〉以外と二人きりにはできないと入り口にレニエが控えているが、他人に囲まれて暮らすのには大分慣れてきた。

「でも最近、俺が一年早く神官になってたらなって思うよ」

「なんで?」

「だってそうしたら俺も〈導き〉の候補になれただろ」

「え……？」

「俺、まだ童貞だし」

イーサは腰枕を腹に抱き、不貞腐《ふてくさ》れて告白する。

神学校時代は忙しかったから、神官になったら恋人を作って、なんて話をしたこともあったが、神官になったらますます暇がなくなったのだろう。

「あ、今からでも斎宮候補が〈導き〉の交代を希望すればなれるのか」

「待って、イーサ。〈導き〉になりたいの？」

イーサは悪戯《いたずら》っ子っぽい表情を浮かべた。

「〈導き〉なら、雑用しなくて済む！」

ユノは一瞬ぽかんとしてしまって、それから声を上げて笑った。

「そんな理由で？」

「そんな理由じゃ悪いかよ」

イーサが真面目《まじめ》ぶって言うものだからユノはますます笑ってしまった。イーサらしい。

「でも〈導き〉になったら、僕と儀式をしなきゃいけないんだよ」

ユノは笑い過ぎて流れてきた涙を拭いながらイーサに言う。

「俺、お前なら抱ける。……と思う」

「本当に？　じゃあそのうちお願いするかもね」

イーサが明らかにふざけているとわかる神妙過ぎる態度で返したものだからユノも笑顔で応じた。イーサが目を見開いて「本気で？」と困った顔で言うものだからユノも調子に乗った。

「本気、本気。ついでに結婚もしようよ。斎宮配になればもっと雑用しなくて済むよ」

「それはおいしい！」

二人顔を見合わせて大声で笑い合った。

「殿下。そろそろアルド神官とのお約束の時間です」

「もうそんな時間？」

レニエに声をかけられてユノは驚いた。話が弾んだのと、雨のせいで外が暗かったので気付かなかったが、いつの間にか随分時間が経っていたらしい。

「俺、帰るな」

イーサがそそくさと立ち上がる。

「今日はありがとう。また来てくれる？」

「もちろん。気を付けて」

「うん。じゃあな」

イーサが出ていったのとほとんど入れ替わりにアルドがやってきた。

「殿下。お変わりは？」

「特に、何も」

ついさっきまで久しぶりに楽しい時間を過ごせていたのに、急に胸が苦しくなる。アルドの金色の瞳に頭の天辺から足の先までをじっくり見られるだけでどうしてこんなに言いようのない気持ちになるのだろう。

「では寝室へ」

腰を取られるようにして促される。二人きりで寝室に入ると扉が閉められる。アルドに見られながら頭を覆っていた布を落とし、服を脱ぐ。アルドは一挙手一投足を見逃すまいとするかのようにじっと見てくる。毎日繰り返しているのに、全然慣れない。それどころか、視線に欲情が籠っているような錯覚を覚えて、そんなわけがないと心の中で否定する。

服を脱ぎ終わるとアルドが近付いてきて頭と尻を確認される。

「少し大きくなっている」

「んっ」

確認された後にざらりと生えかけの耳に唇を寄せられる。伸びてきているという茶色い毛の成長を促すように根元から先端に向かって舐め上げられ、ぞくぞくする。びくんとそこが動いた感覚もあって、ぞくぞくが増す。

「こちらは黒に、茶色も混じり始めたな」

尻尾はどうやら黒一色というわけではないらしい。でも茶色と黒なら獅子の可能性はまだ残っている。

「毛質が柔らかい。猫科かもしれないな」

アルドがぽつりと呟く。

「猫科……」

「セイナが黒猫だったからな。猫の可能性は十分ある」

獅子ではなくただの猫か。

「四つ耳に血筋は関係ないって聞いたけど」

アルドが母の名前を口にすると未だに不穏な気持ちになる。

「お前はセイナと同じは嫌なのか？」

「そんなの……」

幼い頃、母とお揃《そろ》いの猫の耳が欲しくてたまらない時期があった。落ち葉で三角耳を作って母に見せたことがある。いつも優しい母は、作り物の猫の耳を取り上げて、ユノは四つ耳にはなれないと言った。あのときの母はどんな気持ちだったのだろう。父親の血を考えたらその可能性は皆無ではないと思っていたのだろうか。

「アルドはそうなったら嬉しい？」

「この黒髪に猫の耳と尻尾は似合うだろうな」

一瞬ドキッとした。それから勘違いに気付く。母も黒髪だった。ユノは俯《うつむ》いて自分の足の爪先を見詰める。今、アルドがどんな目で自分を見ているのか怖くて知りたくない。自分の向こうに母を見ているのがわかったらきっと息もできないくらいに胸が苦しくなる。

「アルドは、猫族が好きなんだ」

母が好きなんだろうと言う勇気はなくてユノはやっとそれだけを口にした。

「別に猫族が好きなわけじゃない」

即座に返される。

「猫とか犬とか獅子とか、只人とか。そういう括《くく》りで人を好きになったことはない」

ユノは息を吞《の》んだ。そんなに母が好きだったのか。あるいは、母以外にも好きになった人がいたのだろうか。アルドにそんな風に思ってもらえるなんて羨ましい。

「そっか」

一瞬、それなら只人の自分でもなんて考えてしまったのが愚かしい。

もし結婚なんかしたら、こうして何度だって勝手に希望を見出《みいだ》して一人で絶望することを繰り返してしまうのだろう。

「僕、アルドとは結婚しないから」

二度と愚かな希望に取り縋《すが》らないためにユノは決意を声に出した。

「急にどうした？」

アルドの雰囲気が少し怖くなった。

「したくないから、しない」

それに好き合ってもいないのに結婚するだなんてノワ神に対する冒瀆《ぼうとく》だ。

「〈導き〉と斎宮が不和なのはいけない。せっかくの融和の象徴に影が差す」

アルドは溜息とともにそんなことを言ってきた。

「結婚だけは絶対にしない」

二種族の融和を盾に取られても拒んだユノに、アルドが深い溜息を零す。丸い耳がほんの微かだけどぴくぴくと動いていた。聞き分けのないユノに困り果てているのだろうか。

「お前はわかっていない」

「わかっていない？　当たり前じゃないか。二ヶ月前までは自分が斎宮になるだなんてこれっぽっちも思ってなかったんだから」

ユノは涙を堪《こら》えて、アルドを見据えた。金色の瞳がじっとユノを見下ろしてくる。

アルドの手で四つ耳に導かれているのに、心は逆に離れていっている。もう二度と、家族にも戻れない。

＊＊＊

「アルド、どこに行くの？」

今日も神殿の王族の祈りの間で、儀式の完遂を願う祈りを捧げた。それが終わったあと、ユノが乗る馬車はいつもと違う道を進んでいた。

「着けばわかる」

向かいに座っているアルドはそれだけ言って口を閉ざした。

先日、イーサが来た日から、二人の間には会話らしい会話がない。

「……本当なら、儀式の最中は神殿に行くのもあんまりよくないんだよね？」

「どこでそれを？」

アルドが目を眇《すが》める。

「この前、礼儀作法の授業で先生が言ってた」

儀式を受けている間は、斎宮が頻繁に外出するのはよろしくないとされています。礼儀作法の教師に指摘されてユノは初めてそのことを知った。だがユノは頻繁にアルドに連れられて外出し、神殿で祈りを捧げている。

「お前は王族として暮らしてきたわけじゃない。同じ部屋にずっといるのは息苦しいだろう」

アルドはなんでもないことのように答えた。ユノは膝の上で拳を握り締めた。

外出先でユノに何かあれば〈導き〉の責任は免れない。それでもユノのために連れ出してくれていたのだ。

（やっぱり、アルドは優しい）

出世のためなんていうアルドの方がユノにはどうしても馴染めない。

馬車は街中を進んでいく。食堂や露店が建ち並ぶ辺りを過ぎると、香ばしい匂いが漂ってくる。ちょうど昼前だ。よくイーサや他の友人達と一緒にこの辺りで買い食いをした。今思えば、神学校はなんて楽しかったのだろう。

馬車はさらに進んでいって、治安が悪いと評判の地区に近い場所に佇むこぢんまりとした建物の前で停まった。

先にアルドが降りていき、ユノに手を差し出す。ユノは少し迷っていつものようにアルドの手を取った。降りると、両脇に護衛の兵士達が付いた。

頭から被っている布のせいで視界の悪いユノの手を取って、アルドが建物の中に入る。

「アルド神官？」

入ってすぐは食堂になっていて、大勢の子供達が食事の準備をしていた。神官服を着た初老の女性がアルドのもとにやってくる。小さな丸い耳と丸い尻尾で、どうやら熊族らしい。恰幅《かっぷく》のよい体型もそれらしい。

「まあ、まさかその方は斎宮聖下《せいか》では」

ユノの格好で気付いたのだろう。

斎宮という名前に食事の準備をしていた子供達が一斉にユノの方を向く。

「斎宮様」

「斎宮様なの？」

兵士がいるせいか、少し離れて取り囲まれる。

「ち、違う。僕は、まだ、斎宮ではなくて」

子供達のきらきらした眼差《まなざ》しを一身に受けてユノはどうしていいかわからない。子供達の頭には様々な獣の耳がある。どうやら全員獣人らしい。

「ああ、まだ儀式の最中でしたね。今はまだユノ殿下とお呼びすべきでした。申し訳ございません」

女性の神官が謝罪する。

「アルド。ここは……？」

ユノはどうしていいかわからず、隣のアルドを見上げた。

「獣人の子供達の保護所だ」

「孤児院ということ？」

聞き慣れない単語だ。それにユノの知る孤児院は、只人も獣人も一緒に暮らしていた。

「孤児もいるが、そうではない者もいる。ここにいる子供達は、只人に酷い扱いを受けて、只人に恐怖心を持っている」

ユノは瞬いた。

「僕も、只人だけど」

「だが斎宮になる。獣人の子供達は匂いで獣人を嗅ぎ分ける。だから既に獣の特徴が出始めているお前なら平気だ」

ユノは布の下の獣の耳をそっと触った。

「逆に、獣人を恐れる只人の子供達の保護所もある」

そんなものの存在をユノは知らなかった。

「斎宮様。僕のお母さんは獣人で、お父さんは只人なの」

黒猫の耳と尻尾を持つ男の子がおずおずと声をかけてきた。

ユノはその子に近寄る。びくっと怯《おび》えられたので、しゃがんで目線を合わせた。

「そうなんだ。僕も、お母さんが獣人だったんだよ。ちょうど君と同じ、黒猫の耳と尻尾を持っていた」

男の子がぱあっと目を輝かせ、自分の耳に手をやった。

「斎宮様のお母さん、僕と同じ？」

「うん」

「あのね、あのね。お母さんとお父さんが喧嘩するの。お父さん、獣人の子供なんかいらなかったのにって。お母さんは僕のことを嫌いだって」

「その子は只人系の貴族の子供だ。周囲の反対を押し切って獣人の妻と結婚したものの、生まれたのは獣人の子供一人だけだった」

アルドがこっそり教えてくれる。

獣人に生まれたから、只人に生まれたから。それだけで辛い目に遭っている子供がいるなんてユノは知らなかった。

「前斎宮聖下が引退された頃から、このような子供が増えている」

アルドが横から説明してくれる。斎宮の不在は小さな子供にまで悪影響を与えてしまうのか。

「ご在位中には、保護所が満員になることはなかったのですが……」

アルドの説明を女性の神官が補足してくれた。

「獣人と只人が不和になっても、神殿で斎宮聖下のお姿を見て祈りを聞くと、争う心が不思議と和らぐのだそうだ」

「斎宮聖下が誕生されたら、お父さんとお母さん仲よくなるよね」

男の子が期待の眼差しで見詰めてくる。ユノは思わず小さな身体を抱き寄せていた。小さくて温かな身体だ。

ユノには自分を慈しんでくれる母がいた。理由はどうであれ、大切にしてくれたアルドがいた。でもこの子の支えは斎宮なのだ。

斎宮には力がある。半信半疑だけれど信じたいと思った。

「僕、斎宮になるからね。待っててね」

ユノの中で初めて斎宮になりたいという気持ちが生まれていた。

＊＊＊

ユノの顔付きが少しだけ穏やかになった。馬車の向かいでそのことにアルドは安堵する。

「僕、世の中のこと、よく知らなかった」

当たり前だ。只人を嫌うような人間や、治安の悪い場所には決してユノを近付けなかったのだから。最初はユノの出生の秘密のために。次第に自分の気持ちに従って。

「私がお前を大事にし過ぎたせいだ。私の責任だ」

アルドが返すとユノは青い瞳をぱちくりさせた。可愛いと思う。閨《ねや》での可愛さとは正反対で、どこまでも甘やかしてしまいたくなる。

「僕、大事にしてもらってた？」

ユノの瞳は今度は困惑に揺れた。

「当たり前だ」

「そっか」

思わずといった様子で零れた笑みに、アルドはつい反射的に動いていた。椅子から身を乗り出し、淡く色付いた唇に口付ける。

「え……？」

少し離れると、ユノは何が起きたのだと驚いた表情を浮かべていた。大事にし過ぎてこんなにも可愛く無防備に育ってしまったのに、自分から離れていこうとしていたのだ。もしよからぬ輩《やから》に目を付けられたらユノは一瞬で餌食になってしまっただろう。

だからユノを逃げられないような状況に追い込んで、自分の縄張り《テリトリー》に閉じ込めた。その選択を悔いてはいない。申し開きもしない。

「どうして」

何をされたか理解したユノが真っ赤になって唇を手の甲で覆う。

可愛かったから。愛しいから。そう告げてユノが自分のものになるならどれだけでも言葉を重ねる。だが、そうするとユノを私的な理由で斎宮候補にしたことまで知られ、一層嫌われるに違いない。ましてや身体から情に流されるように仕向けているなんて知られたら、手に入れることは不可能になってしまう。

「未来の斎宮聖下の祝福を頂戴《ちょうだい》しました」

もっともらしい理由を考えて告げるとユノは目を伏せてしまった。

「祝福なんて。僕はただの人間なのに」

「斎宮の祈りには獣人と只人の仲を取り持つ力があると聞いただろう？　獣人には唾液に怪我を治癒させるような力があったりする。些細《ささい》なものだがな。四つ耳にも何らかの力が備わっていてもおかしくはない」

アルドも〈導き〉になって初めて神官長から知らされたが、実際に様々な仮説はあるようだ。獣の耳と只人の耳は違う音を聴けて、斎宮の祈りはそのどちらにも訴えかけるとか、四つの耳を持つ斎宮だけが発することのできる音があるとか。

「本当にそんな力があるの？」

ユノが顔を上げ、瞬く。

「ああ。だからお前の口付けにもきっと祝福がある」

ユノが自分の唇を不思議そうに指先で辿る。

「だが、それを受けていいのは〈導き〉の私だけだ」

釘を刺すと、ユノの動きが一瞬止まり、指先がぎゅっと丸められた。

「わかってる。そういうことだよね」

ユノは泣きそうな顔をして答えた。

「ああ」

儀式とは無関係な口付けが嫌だったのか。泣いたら抱き寄せてあやしてやれるのに。我慢されるとそれもできない。いや、したところで喜ばれるわけもないか。

アルドはユノを見詰めながら、冷静に分析していた。

だが、どれだけユノがアルドを疎んじても、ユノは儀式の間は〈導き〉のアルドのものだ。

儀式の間だけは。


「アルド……。あっ、あ……」

アルドの瞳には僅かな光でもユノの姿がはっきり見える。白くて細い身体が寝台の上で快感に震えている。

三度目の儀式だ。

柔らかい唇を塞ぎ、口腔《こうこう》の中を舌で隅々まで弄ってやるとユノの身体は小さく震える。口の中が感じるらしい。特に上顎の柔らかい部分。ちょうど秘薬を留め置く場所だ。ユノの反応が可愛くてしつこくしているだけなのに、秘薬を塗り込めるためだと嘯《うそぶ》くとユノは簡単に信用する。

ユノの唇は甘くて柔らかく、いつまでも味わっていられる。髪や肌の触り心地がいいのは、ずっとユノの髪や肌の性質に合わせたものを使わせていたのだから当たり前だが、甘くて美味《うま》いのは知らなかった。だが、儀式という建前のために、触れられる場所は限られている。

「あ、そこ……」

瑞々《みずみず》しい果実のような雄は、若さと香のお陰で張り詰めるから、慰めるためと称して触れられる。掌に包んでやるとそれだけで脈打つのが愛おしい。喘ぎ声すら美味そうでつい貪るように唇を塞いでしまう。

もう三度目だからか、抱かれることに少しは慣れたらしい。小さな入り口を丹念に解し、侵入を果たすと、自分でも凶器にしか思えないアルド自身を懸命に受け入れてくれる。

「ユノ」

「ん、んんっ」

ユノの身体は細くて小さくて。それなのにアルドの大きなものを奥まで飲み込んで肌をうっすら赤く染める。

この身体は他の誰の手も知らない。

頭の天辺の、耳の形になりかけている部分を舐め上げる。

アルドが抱いたから生まれた部分だ。自分がユノを四つ耳にしている。愛しい存在が自分の手で変わっていく。儀式が始まる前には、こんなにも甘美な心地がするとは思いもしなかった。

成長途中の獣の耳への刺激にユノが身体を震わせる。いっそ頭から喰《く》らってしまいたいと思うくらいに可愛くてたまらない。

「あっ、あっ、あんっ」

腰を動かし、内壁をゆっくり擦り上げてやると、肩にしがみ付いて気持ちよさそうな声を上げる。

「ユノ」

ユノがどんなに不本意でも、儀式の間はこの身体は自分のものだ。

「私がお前の〈導き〉だ」

誰にも渡さない。

一番奥深い場所で欲望を解き放つと、白い身体は歓喜を覚えたかのように震える。愛おしくてたまらない。

覆い被さったまま、互いに荒い息を整える。しばらくするとユノが小さな声で呟く。

「出ていって」

「……わかった」

一緒に極めたのに、行為が終わるとユノは身体を小さく丸めてアルドに出ていけと命じてくる。身体はすっかりアルドに抱かれることを喜んでいるのに、心はどうしても明け渡したくないらしい。

儀式を始めてもう三ヶ月が過ぎ去った。一年で終わるならあと九ヶ月。

（たった九ヶ月か……）

たった九ヶ月で頑《かたく》なユノは自分のものになってくれるのだろうか。

（九ヶ月）

もしユノの心がこのままアルドを望まなければ、あと九ヶ月でユノを失う。

（そんなこと、させるものか）

ふとユノの小さな耳と尻尾が視界に入る。生え始めるのこそ遅かったが、順調に成長しているようだ。


満月の夜。風呂上がりのユノをアルドが出迎えて、香を焚いた寝室で口付けを交わし、下肢を絡めて深く繋がり合う。

次の月も、その次の月も。

アルドの秘密の欲望を孕《はら》んで儀式の夜は更《ふ》けていく。

一の月

トワ・ルーナの新年は冬の最中にやってくる。

「行かなきゃ駄目かな?」

暖炉の音がパチパチと響く自室でユノがすっかり打ち解けたレニエに問うと、レニエは申し訳なさそうな顔になる。

「ご病気でもない限りは」

「そうだよね。変なこと言ってごめんなさい」

ユノは溜息を吐き、衣装を整えてくれるレニエに謝った。

新年には王族が揃って神殿に赴き、祈りの間で祈りを捧げる儀式がある。ユノも例に漏れずその儀式に参加しなければいけないらしい。

憂鬱《ゆううつ》なのは、最初の頃に何度か会って以来、久しぶりに国王と顔を合わせるからではない。

ユノは目の前の鏡を見た。

儀式が始まったのは昨年の八の月。もう儀式は五回も行ったたし、最初の儀式から間もなく半年が経とうとしている。

ユノの頭には僅かに茶色の毛が盛り上がっている部分が二箇所ある。だが、髪からほんの少し見える程度だし、形も判然としない。尻尾の部分も同じだ。親指の第一関節くらいまでの盛り上がりがあって、先端に黒、根元の方に茶色い毛が生えている。兎や熊の尻尾なら完成に近いかもしれないが、どうもそのようには見えない。きっともっと太くて長いはずなのだ。

耳と尻尾の成長が遅い。

最短は十ヶ月と聞いている。百年前の話で、その斎宮には狼の耳と尻尾が現れたそうだ。狼の長くてふさふさの尻尾が十ヶ月で現れたというなら、六ヶ月目には半分以上が出来上がっていただろう。

成長が遅いことにレニエも気付いているはずだ。でも何も言わずにユノの頭に布を被せてくれる。小さい耳は圧迫されることもない。尻尾も小さくもぞりとしただけで難なく居場所を確保してしまった。

「殿下、お迎えにあがりました」

こんな日でもユノの介添えをしてくれるのは〈導き〉だ。

「ありがとう」

ユノはアルドの差し出してくれた手に自分の手を乗せた。アルドの手がいつも以上に温かい。

布が視界を遮るし、もっと長いかもしれない尻尾を完全に隠すために引きずるような裾の服だから、転ばないように人の手が必要になる。その役目は当然〈導き〉のものだ。

アルドに手を取られて、ユノは馬車に乗り込む。外を見ると、日陰や樹冠にうっすらと白いものが残っている。

どうやら昨晩雪が降ったらしい。道理でアルドの手を温かく感じたわけだ。

暖炉に火が入れられている城の中とは違って馬車の中はひんやりしている。アルドに握られていなかった手の方が冷たい。ユノは両手を擦り合わせる。

「ユノ。これを使いなさい」

ユノの後から乗ってきたアルドが自分の外套《がいとう》を脱いでユノの身体にかけてくれた。

「ありがとう」

ユノが寒さに弱いのを覚えてくれていたのだ。こういう優しさは相変わらずでユノははにかんだ。

「あ、でもアルドも寒いの駄目だよね」

小さい頃、暖炉の前の寝椅子で肩を寄せ合って昼寝した記憶が蘇ってきた。

「お前に風邪を引かせるわけにはいかない」

遠慮しようとしたらそう窘《たしな》められてユノは手を止めてしまった。俯いたら向かいで苦笑する気配がした。

「殿下。隣に行ってもよろしいですか？」

「え？」

アルドが狭い馬車の中で器用に動き、隣に移動してくる。ユノにかけた自分の外套を外して自分の肩にかけ、広げた右腕の間にユノを囲い込んでくる。

「これなら二人とも温かい」

「あ、う、うん」

アルドの言う通り、とても温かい。

密着するように腰を抱き寄せられ、逞しい胸に頭を凭れかけさせられる。温かいだけでなく、アルドの匂いもしてきてなんだか泣きそうな気分になってきた。

「あっ」

アルドが頭の布を捲《めく》り、小さな耳に唇を寄せてきた。

「何か心配ごとがあるのか?」

舐められると身構えたユノだったが、アルドは舐めずに口付けだけをそこに落とした。

「え?」

「獣の耳が伏せている」

「あ……」

あんなに小さいのに勝手に動いてしまったのだ。

「あるなら教えてくれ」

見上げると、アルドは金色の瞳をしっかりとユノに向けていた。

「耳と尻尾の成長のこと」

遅いよね。と、目を合わせて訴える。アルドは目を眇《すが》め、ゆるりと頭を振った。

「お前のことは全て〈導き〉の私に責任がある。お前が気に病む必要はない」

「でも」

アルドの優しい言葉が辛かった。

「そんな顔をするな」

「あっ」

今度こそアルドは耳を舐めてきた。ユノは思わずアルドの膝に縋り付いて甘い痺れをやり過ごす。ざりざり舐められて、もう一方の耳は指先で形を整えるように撫でられる。小さな尻尾までうずうず動いたのがわかる。

「ユノ。お前は悪くない。私のせいだ」

獣の耳に吹き込まれると、くぐもって聞こえる。

「ん、んんっ」

必要以上に気持ちいいのを我慢しているうちに、馬車は神殿に到着した。


「ユノ。久しいな」

神殿の王族の祈りの間の控え室には既に国王が待っていた。王妃《おうひ》と王子達、既婚の近親まで、王族の揃い踏みだ。

「陛下《へいか》にあらせられましては、ご健勝のこととお慶《よろこ》び申し上げます」

ユノは教わった通りの作法で異母兄に挨拶をした。

「そう堅苦しくしなくていい」

国王は苦笑する。背後では王族達がそわそわとユノを見ているが、声はかけてこない。国王の話を遮るわけにはいかないのもあるし、ユノにどう接したらいいのかわからないのだろう。

「それより、儀式の方はどうだ？　もちろん報告は聞いているのだが」

国王は奥歯に物が挟まったような物言いで問うてきた。耳と尻尾の状態を問われているのだとわかった。ユノは拳を握り締めた。

「ご報告の通りです」

ユノに代わってアルドが答える。

「アルド神官」

「儀式のこと、斎宮候補の殿下のことは全て私の責任下にありますので」

ユノに言ってくれた通りのことをアルドは国王相手にも明言する。

国王が小さく溜息を零す。

国王の背後で家族達、特に女性陣が夢見るような瞳をアルドに向けてきたのがわかった。無理もない。アルドの美丈夫ぶりには毎日顔を合わせ、儀式の日

ごとに抱かれているユノだって見惚《みと》れてしまうのだから。なんだか面白くなくて、ユノはつい、アルドの袖を引いていた。

どうしたと、アルドの優しい目線が向けられる。

ことさら甘い気がするのは、人前だからかもしれない。斎宮候補と〈導き〉が仲が悪いなんて思われるわけにはいかないから。わかっていてもときめいてしまうのはユノのせいじゃない。アルドが魅力的過ぎる雄のせいだ。

「そんなに庇《かば》ってもらわなくても大丈夫だよ。この先は獣人は入れないから、アルドは待っていて」

女性達の視界から早く隠したかった。アルドは苦笑した。その表情がやけに色っぽくて、女性達はいよいよ落ち着かない様子だ。

「待っている。ユノなら大丈夫だ」

だけどアルドは美しい女性達には目もくれず、ユノだけを見てそう告げてくれた。ユノは嬉しくなる。

「うん。ありがとう」

ユノはアルドから離れて国王達と一緒に祈りの間に入った。

「〈導き〉との仲は良好のようだな。それなら問題ない」

アルドも、レニエも、神官長も、国王も、誰も口にはしないが、本当は耳と尻尾の成長が遅いことに気を揉んでいるに違いないのに、ユノを責めたりはしない。

「ではそろそろお時間ですので」

祈りの間の中で待っていたのはイネスだった。

「陛下はこちらへ。他の皆様方はその後ろに。斎宮候補のユノ殿下はこちらへ」

ユノはイネスに促されるまま、国王達とは別に設けられた場所に移動する。斎宮候補は特別な立場であるからだ。

国王がノワ神の像の正面に移動する。ノワ神の像と国王の間にイネスが立った。イネスが新しい年にノワ神を讃《たた》え、その教えを尊ぶことを誓う祈りの言葉を捧げ始める。

ユノは驚いた。イネスはアルドと同じ年だ。王族の前で祈りを捧げるにはかなり若い。それとも実家がユスリナ子爵《ししゃく》家《け》という名門貴族だから特別扱いなのか。

だが、しばらくイネスの様子を観察して、ユノは自分の考えを改めた。イネスの声はアルドよりは高く繊細だ。だが、抑揚をなだらかにしているため、耳に心地よい。これは神学校でも教えられた技法だ。神官はとにかく人々の心を穏やかにしなければならない。イネスの発声は非常に高度で、努力が垣間見えた。アルドのような魅力的な低音ではないユノは、イネスにこそ師事すべきなのかもしれない。

小一時間ほどの儀式がつつがなく終わり、国王達は先に帰っていく。

「イネス神官」

ユノはイネスに自分から呼びかけた。国王達を見送るために祈りの間の入り口に立っていたイネスが振り返る。

「今のお祈り、とても感動しました。ノワ神が自ら語って下さっているようでした」

きっとユノの頬は紅潮していただろう。イネスが僅かに目を見開く。

「今の技法のコツを教えて下さいませんか？　神学生の頃から練習しているんですが、どうしても上手《うま》くできなくて」

ユノは自分よりも背が高いイネスを見上げて訴える。

四つ耳になるのが遅い分、せめて立派な斎宮になれるように努力したい。イネスの祈りを聞いてユノはその方法があることに気付けた。

「殿下には〈導き〉がいらっしゃるではないですか」

一瞬、イネスの目線が祈りの間の外に向けられた。ユノもつられてそちらを見てはっとする。アルドが鋭い眼差しでユノを見ていた。

「アルドには教えてもらえません。声質も何もかも違うから」

アルドは生来の声質で十分に人を惹《ひ》き付ける。研《けん》鑽《さん》は積んでいるだろうが、技巧を弄する必要がないのだ。

「イネス神官ならわかりますよね？」

「ええ。私達は彼とは違う」

イネスは頷《うなず》いてくれた。

「じゃあ」

今すぐにでも教えてもらえないか。ユノは意気込んだ。

「ではお早く斎宮になられて下さい。私は〈導き〉ではないので、今の殿下に手取り足取りお教えするわけにはまいりません」

「っ、それは」

ユノは唇を噛《か》んだ。布の下に隠れている四つ耳のなりかけ。どのようなものが生えているのか。どれくらい成長しているのか。関係者以外には秘されるため、イネスは知らないのだろう。

「そしてできれば私と結婚を。そうすればいつでもいくらでもお教えすることができますから」

「そのお話は」

初めて会ったとき以来言われていなかったから、てっきりあれは本気ではなかったのだろう、軽い冗談だったのだろうと思っていた。例えばイーサとの間で交わすような。だから今までユノからも敢《あ》えて触れてこなかった。

「それ以上は今はまだ。お返事は急がなくていいのですよ」

「僕は」

はっきり断りの言葉を口にしようとしたら、イネスが笑顔で封じてきた。

笑顔なのにどこか怖い。

「ユノ殿下。馬車の準備ができております」

怯《ひる》んでいたユノに、アルドが祈りの間の外から声をかけてくる。

「今、行きます」

ユノはイネスに会釈して祈りの間を出た。アルドはすぐに歩き出す。ユノはアルドに付いていく。アルドは無言だった。

（機嫌、悪い……？）

先導するアルドの歩幅がいつもよりも大きくてユノは少し駆け足気味になる。

「あっ」

「危ない」

躓《つまず》いたユノを、いち早く察したアルドが抱き留めて支えてくれた。アルドの胸に顔が埋《うず》まる。

「イネス神官とは距離を取るんだ。必要以外の会話もするな」

（そっか。イネス神官と仲よくしたこと、怒ったんだ）

イネス神官が補佐に付いてくれた儀式はこれまで何度かあった。その度にアルドが気を張っているのは見て取れた。

「わかってる」

斎宮という地位に就くのだから、近付いてくる輩《やから》に気を許すなと言われたことはあったが、はっきり命じられたのは初めてだ。

「さっき、ちょっと怖かったし」

「何かされたのか？」

アルドがユノを引き剥《は》がし、どこか焦ったように見下ろしてくる。

「う、ううん。何もされてないよ。見てたよね？」

「ああ」

「何もされてないけど、ちょっと怖いなって思っただけ」

「それならいい」

アルドは納得したらしい。ユノの手をぎゅっと握ってくる。歩調はゆっくりになっていて、もう転ばないのにと思うのに、アルドの手が温かくてユノは手を離してとは言えなかった。

城の部屋に帰ると、アルドはすぐに寝室に向かい、ユノの頭を覆う布を外して、小さな耳に唇を寄せてきた。

「私の四つ耳」

「っ」

　吐息が獣の耳を掠めていく。そこから音は聴こえないはずなのに、人の耳の方の鼓膜が震えた。

　獣の耳を舐められる。

「アルド」

「どうした？」

「僕、いつになったらちゃんと四つ耳になれるのかな？」

　アルドの口が獣の耳から離れていった。

　アルドは自分の責任だと言ってくれたが、国王のなんとも言えない顔や、イネスの期待に満ちた顔が蘇ってしまった。そうすると今度は保護所の子供達の顔まで思い浮かぶ。

「遅いが成長はしている。時間の問題だ。お前が気に病む必要はない」

「でも斎宮が必要だから僕が選ばれたんだよね？ごめんなさい」

　ユノの瞳からぽろりと涙が零れる。

「ユノ？」

　アルドだって本当は早く斎宮のユノが欲しいのに。四つ耳と囁《ささや》かれて、その事実に打ちのめされた。

「アルドも本当は困ってるよね？」

　アルドが目を瞠《みは》る。やっぱりそうかとユノは一層苦しくなった。

「斎宮、僕しか資格がないなら、なるしかないって思った。保護所に行って、皆のためになるならやってみようって思えるようになった。でも、もう六ヶ月も経つのに、全然、成長しない」

　毎日の身体検査で、あまり変わっていないと言われる度に、少しずつ溜まっていたものが一気に吹き出してきた。ユノの青い瞳から涙が零れる。

「ユノ」

アルドは苦しげな顔になっている。きっと心配してくれているのだろう。

「僕の信心が足りないのかもしれない。それとも純粋な王族じゃないから？　どっちにしたって、僕がもっと立派な斎宮候補なら」

「信心も血統も秘薬の効果とは関係ない」

「でも現に僕はこんなだ」

ユノはアルドの金色の瞳に映る自分に改めて絶望した。

六ヶ月経っても黒髪の合間に覗くだけの茶色い毛はなんて中途半端で醜いのだろう。

「早く四つ耳になりたいのか？」

「当たり前だよ。アルドもそうだよね？」

融和を厭《いと》う人間ならともかく、それ以外で斎宮が誕生しないことを喜ぶ人間なんていないはずだ。

「私は」

「皆のためにも早く儀式を終わらせないと」

ユノの自分に言い聞かせるような言葉に、アルドの眉間《みけん》に微かに皺《しわ》が寄った。

「皆のため、か」

「そう、だよ……？」

自分は何か間違ったことを言っているだろうか。アルドの不機嫌な理由がユノにはわからない。

「……一つ、方法がある」

アルドは一度固く目を閉じた後、金色の瞳でユノを見据えてきた。

「なんの？」

「お前の四つ耳への成長を早められるかもしれない方法だ」

「そんなもの、あるの？」

「ある」

ユノの身体がアルドの胸に引き寄せられる。何をと見上げると、すぐそこまでアルドの顔が迫ってきた。

「っ」

口付けを受けた。

「ん、んっ、んん、ん……！」

どんどん胸を叩くと、アルドは離れていってくれた。間近の金の瞳が獰猛な光を湛《たた》えている。

「なに……っ？」

「満月の晩以外にも儀式を行う」

ユノは瞬いた。

「秘薬の効果は〈導き〉の身体から徐々に抜けていくが、少しは残っていると言っただろう。満月の日以外にも儀式を行えばその分、早く四つ耳になれる」

「あ……」

「お前が嫌がるだろうと思って言わなかった」

その通りだ。月に一度だけでも苦しいのに、それ以外の日にもなんて。

「アルドは、いいの？」

「お前が望むのなら、私としては願ったり叶《かな》ったりだ」

ユノはアルドを見据えた。金色の瞳がユノを射貫《いぬ》いている。やっぱりアルドも焦っていたのか。

「どうする？」

アルドはことあるごとにユノに決断を迫ってくる。〈導き〉を決めたとき、最初の儀式の前日の準備のとき。

ああ、それに、出会ったとき。

ずるいと思う。アルドが全部勝手にやったことなら、ユノはきっとアルドを嫌いになって恨むこともできた。でもアルドは最後の最後にはユノに選ばせる。不自由な選択だとしても、選ぶのはユノなのだ。

「早く、四つ耳になりたい」

そしてその度にユノは思い知らされるのだ。自分がどれだけアルドが好きかを。

アルドに抱いてもらえて早く四つ耳になれるなら、拒む理由なんてどこにもなかった。

「だから、抱いて」

わかったと、囁くように言われてユノは腕を取られて寝台に連れていかれた。

「い、今、から？」

寝台に押し倒され、アルドが上に伸《の》し掛かってくる。夕焼けの橙《だいだいいろ》色に染まった金髪はまるで燃え盛る炎のようだ。

「ああ。前の儀式から半月以上が経っている。早くしないと秘薬の効果は下がる一方だ」

「でも、香がない……」

儀式の日にいつも焚かれている香。あれがないとアルドは勃起できないのではないか。

アルドは苛立《いらだ》った様子で尻尾を敷布に叩き付けた。何を怒っているのかわからなくてユノは身を縮める。儀式が始まってから、アルドの尻尾が動くのを見るのは何度目だろう。

「あれがないと無理か？」

「え……？」

「香がないと私とはできないか？」

「できない、よね……？」

できないのはアルドの方だろうに、どうしてユノに聞いてくるのか。

「もう五度も儀式をしてきたんだ。香がなくても気持ちよくなれるはずだ」

そうなんだろうか。アルドは気持ちよくなってくれるんだろうか。

「そんなに心配なら目を閉じていろ」

アルドの声はいつになく低くて、ユノは少し怖くて言われた通りに目をぎゅっと閉じた。唇にアルドの唇が噛み付くように触れてくる。舌先で唇をこじ開けられ、すぐに中に入り込まれる。

「んっ」

教えられた通りに鼻で息をする。アルドの舌が口の中で縦横無尽に暴れまわる。いつもより性急な仕草に、何故か軽く興奮してしまう。口の中に唾液をたっぷりまぶされていると、頭がぼうっとしてくる。気持ちよくて眦《まなじり》から涙が溢れたのがわかった。

「目を、開けるなよ」

アルドの唇が離れていく。しゃべるわけにはいかないので、ユノは小さく頷いて答えた。まだ日がある。部屋の中は明るい。抱かれている最中のアルドの顔を見たくない。どんな顔で自分を抱いているのかなんて知りたくない。アルドの瞳に映る自分が、どんなに物欲しそうな顔をしているかなんて、見たくない。

「！」

しかし次の瞬間、ユノは身体を大きく跳ねさせた。首筋に濡《ぬ》れた感触が這わされたのだ。

（な、なに……？）

舐められたり吸われたりしている。アルドの手はユノの祭事用の服の釦《ボタン》を器用に外していき、素肌を露《あらわ》にしていく。部屋は暖められているとはいえ、覆うものがなくなるとやはり寒い。寒気に肌が粟立《あわだ》つ。突然、敏感になった肌の、胸の粒にぴりっとした痛みが走った。

「んっ」

ユノは思わず目を開けてしまった。目の前にアルドの顔があった。ちろりと舌舐めずりをする仕草が酷く野性的で、ユノは快楽への期待に震えてしまった。

「目を開けるなと言ったはずだ」

「ん、んん」

震えている場合じゃなかった。しゃべらないと意思を伝えられない。ユノは決意してうっすらと秘薬の味のする唾液を飲み込み、口を開いた。

「だって、そんなことするから……」

「そんなことってこれか？」

アルドは平坦な声で告げてユノの乳首をまた摘《つま》む。

「あっ！」

身体を強張らせると、摘む力が弱まった。

「あ、っ、や、な、に……っ」

今度は絶妙な具合で押し潰され、疼くような感覚が生まれてくる。

「香なしだと不安だと言うから普通の性交の手順を取っている」

「ぼ、僕は……」

アルドが相手なら香なんか必要ない。最初のときは確かに緊張したけれど、慣れた今ならアルドになら委ねてしまえる。でも、それを言えば、アルドが好きだと知られてしまう。そう思うとユノは何も言えなくなって、手の甲で口を塞いだ。相変わらず弄られている胸から生まれてくる感覚のせいで変な声が漏れそうになったからだ。

「ん、んっ」

アルドがもう片方の乳首も摘んできた。両方を同時に弄られると疼きは何倍にも増した。

「感じているな」

恥ずかしさと情けなさにユノはぎゅっと目を閉じた。

「んぅう……！」

ユノはくぐもった声を上げた。最初に弄られた方が解放されたと思ったら、生暖かいものにぞろりと触れられたからだ。見なくてもそれがアルドの舌だとわかる。

「んっ、んん……」

信じられない。なんでそんなことをされているのだろう。そう思うのに、アルドの端整な顔が自分の肌を舐めていると想像しただけでたまらない感情が込み上げてくる。

アルドの舌はすっかり凝《しこ》ったユノの乳首を舐め上げたり口の中に含んで歯で甘く噛んできたりする。感触だけではない。ぴちゃぴちゃという音が卑猥《ひわい》な雰囲気を強める。絶え間なくやってくる熱く痺れる波にユノは翻弄されて、鼓動が速くなり、呼吸も荒くなる。

「ん、ぅ……っ」

アルドの手がユノの下肢に触れてきた。

「あっ、あ……」

ユノのそこはすっかり勃ち上がっている。衣服を持ち上げた先端の部分は先走りですっかり濡れていて、アルドの手で撫で回されるとねっとりした感触がする。

恥ずかしい。香もないのに、口付けと胸を弄られただけでこんなになっているなんて。

アルドは無言でユノの下衣の裾に手をかけ、下着ごとずり下ろす。ぶるんとユノのものが雫を飛ばしながら顔を出した。アルドは早速それを握ってきた。

「あ、あ……っ」

胸を齧《かじ》られながら下肢を擦られて、ユノはたまらずにアルドの頭に手をやった。せめてどちらか止めて欲しいと手触りのよい金髪を引っ張る。獅子の耳を摑む。でもアルドは止めてくれない。それどころか一層熱心にユノの身体を嬲《なぶ》ってくる。

「アルド、やだ、お願い、やめて」

小さな二つの袋ごと大きな手で揉みしだかれて射精感が増す。

ユノはアルドの肩を叩いて、懇願する。

「いっちゃう、から……、あ――……っ！」

背中が反った。アルドの大きな手の中でユノのものが震えてびゅるると白濁を放つ。

「あ、は、はっ……」

ユノはアルドの肩を摑んだ格好で荒い呼吸を繰り返す。心臓がばくばくいっている。手でいかされたのは初めてじゃない。でも、今日はなんだか違う。アルドが、いつになく強引だ。

「んんっ」

ユノは目を見開いた。ユノの奥の窄《すぼ》まりにどろりとしたものが塗りつけられたからだ。そのままアルドの指が中に入り込もうとしてくる。

「アルド、待って。お願い、ちょっとだけ、休ませて」

先程の絶頂の余韻がユノの身体にまだ残っている。

「聞けない」

「あっ」

アルドの指を飲み込まされた。嫌だというユノの意思に反してそこは簡単に開いた。アルドの指を根元まで咥え込んで勝手に収縮する。

「あ、あ……っ」

アルドの指が中で動く。再び胸に吸い付かれた。下腹に力を込めてアルドの指を止めようとしてみると、いいところを指先で押し潰された。

「っ、アルド……っ」

どうしても止めて欲しくて逞しい肩に爪を立てた。

「ユノ」

小さく呻《うめ》いたアルドが上半身を起こし、泣いているユノの唇を塞いできた。

「んっ、ん」

肉厚の舌があやすように口の中を撫でてくれる。優しい仕草のせいで余計に涙が止まらない。アルドが一瞬離れて、至近距離で目があった。金色の瞳に泣きじゃくった自分の顔が映し出される。

「すまない」

「え?」

何故謝られたのかわからず瞬いたユノの両脚が抱え上げられ、指の代わりにアルドのものが入ってきた。

「あ、あああっ」

いきなりで一瞬息ができなかった。アルドの大きなものがずぶずぶ奥まで入ってくる。中はまだ少し狭かったけれど、これで六度目だ。ユノの身体はユノの意思とは無関係に開いてアルドを迎え入れる。

「あぅっ」

最奥に辿り着く直前で、ぐっと挿入の速度を速められた。ずちゅんと全部嵌《は》まり込んだそれが間を置かずに律動を始める。

「あっ、アルド、あ、あっ……」

お願い、一度止めてとユノはアルドを見遣《みや》った。

「あ……っ」

アルドはギラギラした金色の瞳でユノをじっと見下ろしていた。神官服もほとんど着崩していない状態で性器だけを取り出してユノに嵌めているのだ。

今の状態だけ見れば、まるで服を脱ぐのすらも惜しんで愛し合う恋人同士だ。

「ユノ」

律動の合間にアルドがうっすら笑みを浮かべる。

「香なんかなくてもお前の身体はもう男を受け入れるようになっているじゃないか」

「え……？　あっ」

「これからは毎日してやる」

（毎日……？）

アルドが奥まで入っていたものを突き上げてくる。ユノは仰《の》け反《ぞ》った。

「お前の〈導き〉は私だ。他の誰にも渡すものか」

間断なく揺さぶられながら言われた言葉をユノは聞き取れなかった。

「あ、あっ、あ、んんぅ」

絶え間なく嬌声《きょうせい》を上げる唇を塞がれた。

（どうしよう。気持ちいい）

毎日なんて耐えられない。身体が気持ちよくなればなるほど、普通に抱かれるほど、アルドへの気持ちまで強くなってしまう。

ユノは泣きながらアルドの首筋に縋った。きつく抱き寄せられて、アルドがもっと深いところまで入ってくる。

（ずっとこうしていられたら、いいのに）

そんなわけにはいかないのに、どうしても願ってしまう。

「あ、ああっーッ」

アルドの背中に爪を立て、ユノは達した。

＊＊＊

「ユノ」

アルドの下でユノの身体がくったりしている。どうやら気を失ってしまったらしい。

アルドは自分の仕出かしたことに深く溜息を零した。

嫉妬以外のなにものでもない。

早く四つ耳になりたい、皆のために。ユノはそう分の本音をそっと忍ばせた。


言った。斎宮候補の今のユノは〈導き〉のアルドが全てにおいて保護下に置ける。だが、斎宮になってしまえば斎宮は〈導き〉の手から離れる。それこそ結婚しない限り、ユノの対人関係に口を挟めなくなる。

斎宮として全ての人々のものに。ユノ自身はアルドではない誰かを選ぶのかもしれない。

「私の四つ耳だ」

ユノの生えかけの小さな耳と尻尾。指先でくすぐると小さく震える。

なんて可愛いのだろうと思う。

可愛くて可愛くて。いつもはしない愛撫《あいぶ》を施せば未知の感覚に怯えて、必死で縋ってくる様子のいじらしさに我を忘れた。

「ユノ。お前を誰にも渡さない。私が欲しいのは斎宮ではなくお前自身だ」

だから早くお前の全てを明け渡してくれ。

眠るユノの獣の耳と人の耳の両方に、アルドは自

三の月

ユノは自室に付いている庭に置かれた椅子でぼんやりしていた。

「ユノ様、寒くないですか？」

レニエに声をかけられて、ユノは元気なく頭を振った。

「もうだいぶ暖かいから」

季節は冬を過ぎ、春を迎えた。日中の日差しは暖かいし、今日は風も穏やかだ。

「あ」

思った瞬間に強い風が吹いて、ユノが頭から被っていた布を攫《さら》っていく。ユノは慌てて布を掴んだ。

風が獣の耳に当たって、耳がひくんと震える。無意識に動いたそれに連動して身体も小さく震えた。耳や尻尾が動く感覚はまだ慣れない。意識して動かすときはもちろん、無意識のときはもっと、なんだかそら恐ろしいような感覚に襲われてしまう。

動いたせいで獣の耳の存在を突きつけられ、ユノは胸が苦しくなった。

儀式はきちんと続けている。それどころか今年に入ってからは毎日のようにアルドを受け入れている。それなのにユノの耳も尻尾もまだ小さいままなのだ。辛《かろ》うじて耳の先端が三角なのだとはわかった。尻尾はまっすぐで長く全体がふっさりしている。やはり猫のものではないかとアルドは言った。もうどんな獣のものかはどうでもいい。ただ早く成長しきってもらって、終わりにしたい。

瞼を閉じた瞬間、アルドの熱い身体に覆い被さられる記憶が蘇る。

「っ」

回数を重ねるごとにユノの身体は敏感になっていっている。アルドもそれをわかってか、まるで本当に愛し合うかのようにユノを翻弄してくる。それが苦しい。

レニエの目に自分の頭が映っているのが見えて、ユノは手にしていた布を頭から被せた。

「ユノ様」

レニエが気遣わしげな様子になる。ユノは無理やり笑みを浮かべた。

「大丈夫だよ。それより、何かあった？」

「あ、はい。アルド様ですが、今日はこちらに来られないそうです」

「そう。わかった」

神官の仕事の都合でアルドが来られない日は稀《まれ》にある。毎日抱かれるようになってからは初めてだが。それに次の儀式の日はもう明日だから、アルドの中の秘薬はかなり薄まっている。今日抱かれたって効果はほとんど見込めない。

もう八ヶ月以上にもなるのに、アルドへの気持ちは冷めない。それどころか、触れられ、愛を囁くかのように私の四つ耳と呼ばれ、快楽とともに抱かれるせいでユノの中でもっと大きくなってしまった。

儀式を経て、斎宮と〈導き〉の間には特別な絆《きずな》が生まれるという。ただでさえ双方が望んで始まる関係だ。愛情だったり、友情以上のものだったり。でも自分とアルドの間には当てはまらない。

「あ……」

ユノの感情を映すかのように空が急に暗くなり、雷鳴が轟《とどろ》いた。雨粒がユノ目掛けて降ってくる。

嵐だ。

「ユノ様、濡れてしまいます！」

一度は離れたレニエが慌ててユノの腕を引いて部屋の中に入れようとする。

部屋に入るまでに服が濡れてしまい点々と黒い染みが全身を覆っている。

今までいた中庭の地面には雨粒が叩き付けるように落ちてきている。暗雲の中に稲光りが閃く。

母の亡くなった日と同じ春の嵐だ。そう言えば、今日は母の命日ではないか。ユノは唐突に思い出した。

「お母さん、ごめんなさい」

すっかり忘れてしまっていた。母は二人で住んでいた村に埋葬されたが、その後、アルドが王都の郊外の墓地に移してくれた。ユノが神学校に進学するまではアルドと毎年墓参りに行っていたが、神学校に入った後は一人で学校の始まる前に行っていた。

命日を忘れるなんてとんでもない親不孝なのに、思い出したら無性に母に会いたくなった。

「レニエさん、出かけたい」

ユノは雫を拭ってくれているレニエに頼んでみた。

「ユノ様。お出かけはアルド神官がご一緒されるか、アルド神官の許可がないと」

「でもどうしても出かけたい。すぐ帰ってくる。駄目かな」

「どちらへ行かれたいのですか?」

最近のユノの塞ぎようを知っているレニエは逡《しゅん》巡《じゅん》の末に問い返してきた。

「お母さんのお墓参り。今日、命日なんだ」

レニエは驚いた顔になった。

「それは……」

「レニエさん」

「わかりました。少しだけお待ち下さいませ。陛下と神官長にお伺《うかが》いを立ててみましょう」

レニエは請け負ってくれて、すぐに国王と神官長に使いを出してくれた。

一刻ほどして、許可が出た。やってきたのはイーサだった。

「イーサ?」

「お手伝いが必要な貴人ってユノか。覚えのある場所だと思った」

イーサはユノの顔を見て苦笑を向けてきた。

「突然さ、神官長から雑用を任されたんだよ。さるやんごとなきお方が、郊外の墓地に墓参りするから神官のお供《とも》が必要だ。お前に頼むって。てっきりまた面倒な雑用がきたと思ったんだけど、ユノだったんだな」

「ごめん」

「なんで謝るんだよ。冗談だって。いけ好かない貴族とかだったらどうしようって思ったけど、ユノならむしろ大歓迎だ。それにユノだから俺が選ばれたんだろうな。俺は儀式が始まってからもお前に会ってるから」

ユノの耳と尻尾の状態は極秘事項だ。秘密を守るには高位の神官が好ましいだろうが、神官長が気を使って親しいイーサを選んでくれたのだろう。

「さ。早く出ようぜ、ちょうど雨も弱まってきたしな」

「うん」

イーサと一緒に馬車に乗り込む。護衛の兵士も付いてきたが、彼らは馬車の周囲を馬で付いてくる。ちょっと出かけるだけなのに相変わらず大げさだなとユノは思う。

「外見は地味だけど、中は豪勢だな」

向かいに座ったイーサが馬車の中を眺めて溜息を吐いている。お忍び用なので装飾こそ最低限だが、居心地がいいように造られている。いつもは今イーサが座っている場所にアルドが座る。寒い季節には横に座ってくれて、ユノの身体を包み込むようにして温めてくれた。

駄目だとユノは思った。気が付けばアルドのことばかり考えてしまう。

「イーサ。最近、どう?」

曖昧《あいまい》な問いかけになったが、イーサは両耳をぴんと伸ばしてユノを見てきた。じっとユノを見てくる瞳が暗く揺れた。

「イーサ?」

「あ、ああ。相変わらずだよ」

先刻垣間見せた表情はさっぱり消えて、いつもの陽気なイーサだった。イーサに似つかわしくない様子は見間違いだったのかもしれない。

「雑用ばっかり。すっかり孤児院担当になっちゃったし」

唇を尖《とが》らせているが、本気で怒っているわけではない。結局のところ、イーサも子供好きなのだ。そのまま孤児院の子供達の話を聞かされる。やんちゃな鼠《ねずみ》族の女の子とか、引っ込み思案の只人の男の子とか、のんびりしている馬族の男の子の話。本当にわがままな悪戯っ子どもなんだと悪戯の数々を面白おかしく話してくれるからユノは笑ってしまった。笑うなんて久しぶりだなと思った。

やがて馬車は目的地に着いた。ユノは布が頭から落ちないようにしっかり被りなおしてイーサの後を付いて馬車を降りる。

墓地は神殿の管轄下にある。門を入ってすぐに管理所を兼ねた神殿所有の建物が建っている。先に話が行っていたのか、兵士の先導でユノとイーサは管理所で受付を求められることもなく、そのまま通された。

母の墓は奥まった場所にある。ファイスト伯爵家縁《ゆかり》の人間が埋葬されている一角で、木立に囲まれた小高い場所だ。兵士達は少し離れた場所で待機してくれて、墓にはユノとイーサだけが向かう。

緑の絨毯《じゅうたん》の中の石の舗装を辿っていくと、母の墓標に行き着く。

「あ……」

ノワ神の象徴が刻まれた白い大理石の墓標の前には大きな花束が供《そな》えてあった。瑞々しくて、今日摘《つ》んだばかりのものだとわかる。ユノが腕に抱えている、レニエに頼んで手配してもらったものと同じ母の好きだった花だ。知っているのはユノとアルドだけ。

「アルド、来たんだ」

アルドは今日、ここに来たのだ。仕事の用事ではなく母を悼むためにユノのもとには来なかった。

(アルド、やっぱりお母さんのことが……)

アルドの気持ちを思い知らされた。

(さすがにお母さんの命日に僕を抱く気にはなれなかったのかも)

花を置くこともせず佇《たたず》むユノの背中がぽんと叩かれた。

「どうした？」

「イーサ」

ユノは涙を一つ零した。

「僕、もう限界かも」

後から後から涙が溢れてくる。

「お、おい」

イーサが慌ててユノを抱き締めてくれる。その温もりにユノの涙はいよいよ止まらなくなった。

「どうしたんだよ」

「アルドが」

「アルド神官が？」

イーサはユノの背中をぽんぽん叩いて続きを促してくる。

「……アルドと儀式をするのはもう嫌だ」

アルドが母を好きだったとはどうしても言えず、ユノは自分の気持ちだけを告げた。腕の中の花束がぐちゃぐちゃになる。

「アルド神官が酷いことでもしてくるのか？」

ユノは少し考えて頭を振った。

「違う。僕がアルドに抱かれたくないだけ」

「……儀式が嫌なんじゃなくて、アルド神官が嫌なのか？」

ユノはイーサの胸の中でこくこく頷いた。イーサがごくりと喉を鳴らした気配がした。

「でももう少しの辛抱だろう？」

「……」

「違うのか？」

「多分、まだかなりかかると思う。もしかしたら、終わらないかもしれない。……秘密にするって約束できる？」

イーサが頷いてくれたので、ユノは護衛の兵士達に見られていないことを確認して、頭の布を少しだけ捲った。イーサの目が見開かれる。

「異常に成長が遅いんだ。八ヶ月以上かけてこれなのに、あと四ヶ月で終わるなんてとても思えない」

あと四ヶ月だけと期限があるのなら耐えられたかもしれない。でも終わりは見通せない。いい加減、アルドも疎んじているだろう。決して態度には出さないけれど。

「俺、本当に〈導き〉に立候補しようか？」

「え……？」

ユノは泣き濡れた青い瞳でイーサを見上げる。イーサは真剣な顔をしていた。

「前にも言っただろう。俺は正式に神官になったし、まだ未経験だから、〈導き〉の資格があるんだ。斎宮候補が望めば〈導き〉は途中で変更がきくんだろう？」

「それは……」

〈導き〉の交代。考えなかったわけではない。でもアルド以外に抱かれるなんて想像するだけでも嫌だったから、ユノの選択肢にはなかった。だけど相手がイーサなら。

ユノはイーサから離れて、イーサをじっと見詰める。大の親友だ。一緒にいると気が休まるし、笑っていられる。でも。

「結論はすぐに出さなくてもいい。今はそういう方法もあるんだって知っておいてくれ。お前が望んでくれたら、すぐに神官長に言うからさ」

「ありがとう」

礼を言いながらもユノはきっとその方法は選ばないだろうと思った。イーサを巻き込むのは申し訳ないし、何よりユノ自身がアルド以外の誰かにはアルド以上に抱かれたくないからだ。

「昨日、セイナの墓参りに出かけたそうだな」

翌日。儀式のためにやってきたアルドに静かに言われてユノはびくりと身を固めた。

「ちゃんと神官長と陛下にお伺いは立てたよ」

「聞いている。今回は仕方ないが、次からは出かけたければ早めに私に言いなさい」

アルドは自分も墓参したことについては、一切口にしなかった。

アルドは湯から上がったユノの身体を丁寧に拭いていく。獣の耳と尻尾のある部分は特に慎重に拭いてくれる。

「尻尾を振れるか？」

言われて意識して尻尾を動かす。すると尻尾はぎくしゃくと左右に振れたが、耳もぴくぴくと動いてしまった。意識すると全身に力が入ってしまうので、どちらか一方だけ動かすというのはなかなか難しい。

「あっ」

尻尾を緩く握られた。根元をさすられて、ゆっくり動かされる。右、左と促される方向に動くように意識する。

「腰ごと動いているぞ」

「っ」

今度は腰も固定されて何度か試してみるが、とても自然な動きとは言えない。

「全然駄目だ」

「そんなことはない。随分上達した」

アルドは尻尾を先端まで撫で上げた。「ひゃうっ」と小さく声が漏れてしまう。訓練の終わりの合図だ。

夜着を羽織らされ、どうせすぐに脱ぐのにと思う。寝室に連れていかれて、髪や尻尾の毛を丁寧に乾かし、手入れされる。

ユノはふと鼻を鳴らした。

「アルド、香を焚いている？」

常に抱かれるようになった日から、必要ないからと香は焚かれなくなっていた。その代わりにアルドの言う普通の手順で抱かれていた。それなのに今日は香が焚かれている。

「ああ」

アルドは肯定した。何故と聞きかけたユノは昨日が母の命日であったことを思い出した。母の墓前で母を思い出し、ユノを抱くことに罪悪感でも覚えたのかもしれない。それ以外に理由が考えられない。

香の甘い匂いの中で寝台に連れていかれる。

夜着を脱がされて寝台に仰向けになった。覆い被さってきたアルドに口付けされる。

「ん……」

口付けが甘い。熟れた果実のような秘薬の味だ。ずっと味わっていたはずなのに、今日はやけにその甘さが強く感じられ、気になった。

（あ、香のせいかも）

甘ったるい香の匂いのせいで余計に甘く感じるのかもしれない。身体もすぐに昂る。香を焚いていてもらってありがたいと思った。

「んぅ……」

アルドのやり方にはもう慣れきったはずだった。でも今日はなんだか違う。香で昂ってしまっているからだろうか。

「あっ」

獣の耳を嚙まれた。歯を緩く立てられたくらいで痛くはなかったけれど初めての刺激に身体が震える。いつもより触れてくる力が強い気がする。

求められている。

そんな馬鹿な錯覚がして、身体が勝手に快感を追っていく。胸を指と唇でしつこいくらい弄られて、性器を大きな手で包まれ揉み込まれて、もういきそうなところで挿入されて揺さぶられる。

アルドの熱くて硬いものが中を突き上げてくる。感じる場所をはぐらかされずに擦られてユノはアルドの肩に爪を立てながら悶《もだ》えた。

「あっ、あっ……」

快感に耐え切れずに声を上げてしまうと、すかさず唇が塞がれる。

「ユノ」

時折呼ばれる名前に熱が籠っているのはアルドも欲情しているからだろうけれど、ユノがアルドを思うように心から求めているわけじゃない。

「ユノ。感じるだろう？　お前を気持ちよくしているのは私だ。他の誰でもない」

そんなの知っている。好きでもないくせにこんな風にしないで。僕の心をかき乱さないで。出世の道具でもいい。誰にも渡したくない。アルドを拒絶する心と、独占欲とがユノの腹の中で渦巻く。

アルドに抱かれながら、ユノは久しぶりに涙を零していた。

＊＊＊

「成長が早まっている」

アルドにそんなことを言われたのは儀式から七日後のことだった。

「え……？」

「耳も尻尾も、この七日で目に見えて成長している」

突然のことにユノは驚いた。

「この調子なら一年での儀式の完了も無理ではないんじゃないか」

「どうして、こんなに突然」

「嬉しくないのか？　儀式を一年で終われるんだぞ」

「う、嬉しい、けど」

終わりは光明だ。成長が遅いのは自分の身体が悪いわけではなかった。肩の荷が少しだけ軽くなった気がする。

「毎晩儀式を行っている効果が一気に現れたのかもしれないな。急にやめたり、やり方を変えるとまた止まってしまうかもしれない」

アルドは淡々と見解を述べてくる。

「続けるな？」

それは質問というより確認だった。

（儀式が終わったら、もうアルドに抱かれることはないんだ）

ふとそんな事実が頭を過った。

直前まで終わりを願っていたのに、終わることが悲しくなっている。たとえアルドの望み通り結婚してもアルドが母を想っている以上、二度と抱かれることはないだろう。不貞は非難されるべきものだからアルドを縛り付けることはできるかもしれない。でもそれだけだ。

「ユノ」

無言のユノに、アルドが睨《にら》み付けるようにして返事を促してきた。

拒絶は許さない。そう言われた気がした。

それでも何も答えられないでいると、獣の耳をざりっと舐められた。

「あっ……」

尻尾を指の股に挟まれ、毛並みに沿って擦られたり、逆に根元に向かって擦り上げられたりする。まるで性器を愛撫されているようだ。

「ん、や……」

甘く痺れて崩れた身体を支えられ、口付けされかけた。

（終わる。この関係が、あと数ヶ月で。アルドは僕に触れなくなる。そんなの嫌だ）

ユノにはまだ覚悟ができていない。

「儀式を月に一度だけに戻したい」

ユノは口付けを避け、間近のアルドに告げた。

「ユノ」

「これは頼みごとじゃない。命令だ。もし駄目だっていうなら、〈導き〉を交代してもらう」

アルドが金色の目を瞠る。いい気味だと思った。

この人は自分のものにはならない。なら少しでも長く振り回してやりたい。そんな気持ちがユノの中で芽生えた。

「アルドが僕を斎宮に導きたいなら、もう決められた儀式の日以外で僕を抱かないで」

そうしたところで、長引かせられるのは精々数ヶ月だろう。

斎宮を待ち望んでいる人々には申し訳ないと思う。斎宮になったら人々のために全て捧げるから。

ユノはノワ神と人々に心の中で謝った。

だからこのわがままだけは許して欲しい。

終わりの日まで、少しでもアルドが自分のことを考えればいい。ユノはきっとこの思いを死ぬまで抱えて生きていくのだから。

六の月

ユノの獣の耳と尻尾はぐんぐん成長した。

儀式を月に一度に戻してから三ヶ月が経って、三角の形がはっきりしてきた耳は褐色に黒の斑《まだ》らのような縞模様《しまもよう》が浮かんでいる。尻尾は太さが均一で、先端が黒くて、先端以外は褐色に黒の輪状斑が現れている。尾の先端は膝まで届いている。

裸で寝台に横になったユノは、同じく裸のアルドに背後からざりざりと三角の耳に舌を這わされていた。耳の裏の毛を整えるように一方向に舐め上げられると、下腹の奥に燻《くすぶ》る熾火《おきび》がまた噴き上げてきそうだ。

「アルド、もうやめて」

ユノは訴えたけれど、アルドは止めてくれなかった。ユノは溜息を零す。

儀式の日だ。身体の奥底にはアルドが放ったものが残されているうえに、まだアルドのものが入ったままだ。しかもアルドのものは硬度を保っている。動くと敏感な部分を刺激されてしまうから動くに動けない。

儀式はユノの望み通り月に一度に戻った。毎日のようにアルドに抱かれなくなった代わりに、儀式の日の性交は濃密になったように思う。秘薬に必要な場所だけではなく身体の至るところを愛撫されるようになった。

秘薬は外から塗っても効果があると聞いたから、全身毛むくじゃらにでもなったらどうしようと思っていたが、それは杞憂《きゆう》だったらしい。

それから、一晩で何度も抱かれるようになった。まるでお前の「導き」は自分だと刻み付けるかのように。

「あっ」

耳の先端を甘く嚙まれる。

「ユノ」

ユノの三角の耳には聴神経はないけれど、音や風は受けられる。触れるくらいの距離で囁かれると頭蓋が振動して、本当にそこから聞こえているような錯覚がする。

「もう一度だ」

「んっ」

ずいぶん長く伸びた尻尾をたくし上げられた。思わず力を込めてしまい、先端でアルドの手を叩いてしまう。尻尾はこれくらいなら意識して動かせるようになった。

「ひゃっ」

咎《とが》めるように尻尾の根元をぎゅっと握られる。思わず震えて、下腹に力を込めてしまった。中が狭まって、アルドのものを締め上げる。アルドが喉の奥で小さく唸る。

「誘っているのか？」

「ちが、う……」

「そうか」

アルドはあっさり話を終わらせ、代わりにユノの獣の耳を舐め、尻尾の根元を扱くようにしながら中をゆっくり搔《か》き回してくる。

「んっ、くっ、ん……」

月に一度に戻して以来、アルドは必要最低限のことしか口にしない。ただ、カーテンは閉ざさなくなった。耳と尻尾の具合を気にしないといけないからだそうだ。今も月の光が寝台を照らしている。

「あっ、あ……」

自分の斎宮の証だからなのか。アルドはユノの生えかけの獣の耳と尻尾にことさら執着している。儀式は月に一度に戻ったが、毎日の身体検査は継続されている。そのときも、ユノがいい加減にしてと言うまで、あるいは言っても毛繕いを止めてくれないのだ。熱心に舐められ弄られるから、ユノのそれらはいよいよ敏感になってしまった。身体検査のときにいつも勃起しないように必死の形相で感じるのを我慢しなければならない。

「んっ」

突然、ぐちゅりと湿った音がすぐ近くで聞こえた。

「あ、アルド。そこ、違う……！」

アルドが毛のない方の耳に舌を這わせてきたのだ。

「んっ、んんっ」

そこを愛撫されるのは初めてだ。耳裏を舐め上げられ、耳朶を噛まれて、耳孔に舌を差し込まれる。ぐちゅぐちゅ粘着質な音が直接聴覚を刺激してたまらない。

「やだ、やっ」

アルドの腕を摑んで止めようとしたが逆に指を絡まされ、捉えられてしまった。

「お願い、そこ、やめて……っ」

こんな風に拒否をするのも久しぶりだ。頭の隅でそんなことを考えたのは一瞬。

「あ、あっ」

耳への刺激と同時に中を突き上げられた。

「ひ、あ、あ……っ」

ひとたまりもなかった。絡む指をぎゅっと握りしめ、ユノは自分の前から白濁を吐き出していた。

「あっ、あ、ま、まって」

イってしまっているのに、アルドの突き上げはいよいよ激しくなる。

「アルド、お願い、止めて、あっ、あ……っ」

「ユノ」

只人本来の耳に自分の名前が吹き込まれた。

ユノの全身が戦慄《わなな》く。

「お前は私のものだ」

低く、獅子が唸《うな》る。身体を返され、両脚を抱え上げられた。月明かりの中で鬣《たてがみ》のような髪が金色に輝く。拒否は許さないとばかりに唇を封じられ、がつがつ突かれる。

「誰にも渡さない」

その言葉が斎宮となるユノではなく、ただのユノに向けられたものならどれだけ嬉しかっただろう。でも違う。これは儀式だ。斎宮になるユノに、暗示でもかけるように言い聞かせているだけだ。

ユノは唇を、下肢を貪られながら、心と身体が乖《かい》離《り》していくのを感じていた。


事が終わり、四肢を投げ出すようにして寝台に横たわるユノの裸にアルドが掛け布を被せて薬湯を用意してくれる。いつものことだ。

季節がそろそろ一巡りする。裸でも寒くはないのにと思いながらユノはアルドが去るのを待った。寝室の扉が閉ざされたので、薬湯を飲もうとして、身体を拭くために用意された盥《たらい》に取り落としてしまった。

溜息を零し、ユノはそのまま掛け布を被って寝台に横になる。

激しかった性交のせいでどっと疲れがやってくる。動くのが億劫《おっくう》だけど、眠気はやってこない。


しばらくして寝室に人が入ってきた気配がした。

(アルド……?)

ユノの部屋には許可がなければ誰も入ってこられない。斎宮候補のための警備は万全で、寝ずの番の侍女《じじょ》の他に、部屋の外には警護の兵士が常に二人以上立っている。

裸体に触れてきた手がユノの小柄な身体を簡単に抱き上げる。

(アルド……?　夢……?)

手の感触は、間違いなくアルドのものだった。

(あ、そうか、いつもこうされてたのか)

儀式の後はいつも起きるとユノの身体は綺麗にされていた。アルドが綺麗にしてくれているのだろうとは思っていたが、拭き清められるだけではなかったのか。

そのまま迷いもなく連れていかれた先は浴室だ。浴槽に身体を沈められ、手で汚れを流される。綺麗になったら脱衣所の椅子に座らされて全身の水気を丁寧に拭われて、夜着を着せられ、再び寝台に。

「ゆっくり休みなさい」

額に唇が押し当てられる。それから、獣の耳、只人の耳。最後に唇に触れるだけの口付けを落としてアルドは寝室から出ていく。

(今の、何……？)

暗闇の中でユノは自問した。

(なんであんなことを？)

そういえば、最初のとき、ふわふわ運ばれる夢を見た覚えがある。子供のときのようにアルドが風呂に入れてくれて、心地よくてもっととねだった。あれは夢ではなかったのか。

(最初、から……？)

おそらく最初から同じようにされていたのだ。恋人のようにと言い出すよりも前から。

(秘薬を渡さない口付け……)

子供を寝かし付けるようなものなのかもしれない。でもユノの心は喜んだ。

出世の道具だということを否定してくれなかったのにユノの知らないところで優しくするなんて意地悪だ。どうせ優しくしてくれるなら、意識のあるときにしてくれたらいいのに。嘘《うそ》でも出世の道具なんかじゃない、ユノのことが好きだとでも言ってくれたらユノは簡単に信じたのに。

「アルド、好きだよ」

ずっと一緒に暮らしてきた。ずっと好きだった。でも斎宮になった瞬間に、この恋は本当の意味で終わる。

ユノは胸を押さえて、今度こそ眠りについた。

九の月

浴槽に身を沈め、暑いなとユノは思った。九の月の儀式の日だ。今月で儀式は一年間と一ヶ月行われたことになる。

ユノの獣の耳と尻尾はほとんど完成している。形や毛質からして猫族に間違いないようだ。これ以上成長しなければ、最後の儀式になる。昨日、アルドにそう言われた。

(終わるんだ)

なんだか呆気《あっけ》ない。終わるのが嫌だと月に一度に戻してもらったのに、大して引き延ばせなかった。

一年のことが走馬灯のように瞼の裏を駆け巡る。思い出すのはアルドのことばかりだ。

ユノは浴槽から上がって脱衣所に入った。

だがそこにアルドの姿はなかった。いつもなら上がってくるユノを待ち構えているのに。

仕方がないので自分で身体を拭いても、やはりアルドはやってこない。

「こう、かな」

尻尾を意識して動かすとぶるんと大きく振ることができた。きゅっと尻の筋肉にも力が入ってしまうのはまだ仕方ない。でもちゃんと動かせたとほっとする。

そのまま獣の耳はあまり触らないように気を付けながら寝室に行き、髪を乾かし終わってもアルドは来ない。

「ユノ様、大変です！」

何かあったのではないかと心配になってきた頃、レニエが慌てた様子で扉を叩いた。

「どうしたの？」

ユノは夜着姿で寝室を出る。

「それが。アルド神官が神殿で審問されていると」

「審問？　どうして」

物騒な言葉が出てきてユノは驚いた。審問とはノワ神の教義に反したり犯罪を犯した神官に対して行われる。

「イーサ神官が突然いらして、殿下にお伝えして欲しいと仰るんです」

ユノは夜着のままイーサのもとに行こうとしたが、斎宮候補がそんな姿で人前にと、必死にレニエに止められて急いで着替えてから、イーサが待つ居間に向かった。

「イーサ、アルドが審問ってどういうことっ？」

扉を開く間も惜しみながら問うと、椅子に座って待っていたイーサが立ち上がる。

イーサと会うのはそう言えば、母の墓参りに行ったとき以来だ。忙しさは相変わらずなのかまた痩せたように見える。そんなイーサの兎耳はピンとまっすぐ上に立っていて緊張が伝わってくる。

「秘薬の横領の嫌疑をかけられたんだ」

もたらされた言葉は予想もしないものだった。

「秘薬？　そんな馬鹿な」

でもイーサがわざわざそんな嘘を吐くとも思えないし、現に儀式の日なのにアルドが現れない。何かが起きているのは間違いない。

「俺もよくわからない。でも本当なんだ。とにかくユノに知らせないとと思って、慌ててきたんだ」

秘薬は月に一度、神官長が調合して〈導き〉が飲む。使う分だけしか作られない。横領なんてできるはずがない。

「イーサ。アルドに会いたい。会って話がしたい」

「わかった。一緒に神殿に行こう」

イーサは頷いてくれた。レニエに頼み込み、急いで出かける用意をして馬車と護衛の兵士を準備してもらった。


もどかしい思いで神殿に駆け付ける。王族専用の入り口から入ると、そこからはイーサが案内してくれた。案内された先は神殿の一角だった。ユノもよく作業をしていた薬草畑の脇を通り抜けると、古い建物がある。古くは礼拝堂だったらしいが老朽化のために普段は薬草を干したりする作業場としてしか使われていない。

ノワ神の像もない、がらんとした石造りの部屋の中央にはアルドが両手を拘束された状態で簡素な椅子に座らされている。アルドの向かいには神官長と、何故かイネスが立っていた。

「これは殿下」

ユノの訪れをイネスが驚いた顔で迎え入れる。

「斎宮候補がこのような場所に来られてはいけませんよ」

「イネス神官、これは一体どういうことなのですか?」

「どうもこうもありません。アルド神官の宿舎の部屋からこれらが見付かったのです」

アルドの前には小卓が置かれ、そこに小瓶が並べられていた。中には液体が入っているが、量はまちまちだ。

「秘薬です」

全部で四つ。小瓶の数を数え、ユノはそっと喉を鳴らす。

神官長が頷く。

「間違いない。瓶に見覚えがあるし、匂いも秘薬のものだ」

神官長も困惑しているようだが、嘘は吐けないらしい。イネスが勝ち誇った笑みを浮かべる。

「殿下。この男は秘薬を飲んだふりをして懐《ふところ》に隠し、売り飛ばそうとしていたのですよ」

ありえない。ユノは真っ先にそう思った。

「僕には秘薬の効果が現れています」

ユノが断言するとイネスがにやりとした笑みを浮かべた。

「一時期、発現が遅れていたそうじゃないですか」

「それは……」

何故イネスがそれを知っているのか。視界に入る小瓶の数は、ユノが耳と尻尾の成長が遅いと悩んでいた月日の満月の数と一致する。十一の月の四度目の儀式の後から急に成長が遅くなり、そして三の月の儀式の後で突然再び成長し始めた。耳と尻尾の成長度合いは個体差があるらしいが、ユノのように成長が途中で遅れた例はユノが調べた限りでは存在しなかった。

「〈導き〉の地位を得ただけでは飽き足らず、私腹まで肥やそうとするとは。ノワ神の代弁者たる神官の風上にも置けない。神官長、すぐにアルド神官を破門にし、盗人として憲兵に突き出しましょう」

「憲兵って……」

秘薬の価値は計り知れない。そんなものを横領した罪で裁かれたとなれば、終身刑だってありうる。

「証拠がある以上、仕方あるまい」

神官長も苦渋の様子でイネスに同意した。

「アルド、なんという愚かなことを仕出かしたのだ。だが、理由があったのだろう？　理由によっては情状酌量の余地もあろう。頼むから言ってくれ」

奇妙なことにアルドは一切反論していないらしい。目を閉じ、じっと黙っている。神官長も頭を抱えているようだ。

どうしてとユノは思った。たとえ秘薬を飲まずに置いていたとしても、アルドなら言い逃れくらいいくらでもできるだろう。

「さあ、神官長。憲兵を呼びましょう」

「ま、待って下さい！　僕が頼んだんです」

咄嗟《とっさ》に口を衝いて出たユノの言葉にアルドの瞳が初めて開かれた。

「殿下。何を仰っているのですか」

アルドが罪人になるなんて嫌だ。ユノはその気持ちでいっぱいになっていた。

「僕が頼んだんです。斎宮になるなんて怖い。せめて、心が決まるまで猶予が欲しいから、秘薬を飲まないでいて欲しいって」

「ユノ！」

叫んだアルドをユノは青い瞳で睨み据えた。獅子族のアルドが一瞬怯むほどその眼光は鋭かった。

勝手に口が動いたことだったが、ユノは決めた。

「殿下。悪いのは僕なんです。アルドを責めないで下さい」

「悪いのは僕なんです。この男はあなたを利用して〈導き〉になったのですよ。その上での秘薬の横領です。庇う必要なんてありません」

「いいえ、いいえ。お願いです、イネス神官。なんでもしますから、どうかこのことは不問にして下さい」

「なんでも？」

「ユノ！」

イネスがユノを探るように見てくる。アルドが再び叫んだ。

「やめろ、ユノ！」

「はい」

ユノは涙を堪えてイネスに返した。

「アルドは恩人なんです。母を亡くした僕の前に現れて家族になってくれた」

ユノの瞼の裏に救い主のように現れたアルドが蘇る。一緒に過ごした幼い日々が思い起こされる。

母に頼まれたからでも、出世の道具でも、なんでも構わない。アルドがどう思っていようともユノがアルドに救われたのは事実だし、与えられた温もりも確かに存在していた。ユノのアルドを恋う気持ちは、こんな特殊な一年を経ても変わらないどころか大きくなった。

「アルドのためなら、なんでもします」

出てきた声は大きくはなかったが、自分で思った以上に部屋の隅々にまで響いた。清々《すがすが》しい気持ちでイネスを見据えると、イネスは何故か動揺していた。

「イネス神官。あなたの要求を教えてください」

「あ、ええ。そうだ、私と結婚しますか？」

イネスは動揺している自分を誤魔化すようにしてユノに問うてきた。

「それは……」

予想していたものだった。ユノの答えは決まっていたが、アルドの身の安全を確保するためには単純に応じればいいというものではない。考えている間にイネスは落ち着きを取り戻したらしい。

「ああ、儀式はまだ残されていたのでしたね。私は只人だから〈導き〉にはなれませんし……。そうだ。殿下はイーサ神官に心を許しておられるようですし、今日の〈導き〉はイーサ神官にお願いしましょうか。都合よく、秘薬もここにある」

「イネス神官、俺、そんなことは聞いてない」

それまでユノの後ろで様子を見守っていたイーサが驚いた声を上げる。イーサの顔は蒼白《そうはく》だった。

「イーサ?」

「ユノ、ごめん。イネス神官にユノの耳と尻尾の成長のこと、教えたの俺なんだ。ごめん」

「殿下、許してあげて下さい。イーサ神官、先輩達から虐《いじ》められていましてね。私がそれをとりなしてあげたお礼代わりに教えてくれたんですよ」

イネスはイーサの肩に手を乗せ、にっこり笑う。

イーサは親友との秘密を他人に言うような性格ではない。ふと、イーサとイネスが同じ白の神官服であることに思い至る。

神官は二つの組に分かれて仕事を分担する。白い神官服は同じ組だ。只人の神官と獣人の神官は直接の師弟関係にはならないが、同じ組であれば繋がりもできる。

きっとイネスがイーサを追い詰めたのだ。もしかしたら虐めというのもイネスの策略なのかもしれない。真っ青になっているイーサの顔を見て、ユノは責める気になれなかった。むしろイネスに対する怒りが湧いてくる。

「ユノ、俺……」

「謝らないでいい。僕こそ気付いてあげられなかった。親友なのに」

心の底からイーサに申し訳ないと思った。

「その上、こんなことにまで巻き込んでごめん」

自分のことでいっぱいいっぱいで、イーサがそんなに辛いことになっていたなんて気付きもしなかった。ユノの謝罪にイーサは唇を噛んで俯いた。ユノはイネスに向き直り、深呼吸して告げる。

「イネス神官。あなたの言う通りにしますから、まずアルドを……」

「やめろ！　全部私の独断だ。ユノに責任はない！　私をかばう必要もない！」

アルドは縛られたまま立ち上がろうとしてできず、叫んだ。咆哮《ほうこう》と言うべきかもしれない。

金色の瞳がイネスを射殺す強さで見据える。

「ほう。やはり、秘薬で私腹を肥やすつもりだったのですね」

「……そうだ」

嘘だ。ユノは直感した。

「だそうです、殿下。どうしますか？」

「アルドを解放して下さい。それが僕の望みです」

「ではここは私に任せて、殿下はイーサ神官とお部屋に戻られて儀式を行って下さい」

イネス神官はユノを好ましいと言った。だが、それは愛情ではないのだろう。だから簡単に他人にユノを抱かせることができる。

「待て！　儀式はもう必要ない」

アルドがイネスを睨み付けた。

「必要ない？」

「儀式は終わりだ。殿下の獣の耳と尻尾、どうみても猫族のものだ。大きさも長さも十分にある」

「殿下、そうなのですか？」

ユノは覚悟を決め、被ってきた布を外した。獣の耳と尻尾が晒《さら》される。ほうとイネスが感嘆の声を漏らした。

「素晴らしい。完璧な四つ耳だ」

イネスは満面の笑みを浮かべた。

「四つの耳と尻尾を備え、只人でありながら獣人の尊敬も一心に受ける。四つ耳の本性は理性ある只人だ。所詮は畜生の獣人とは別格の存在だ」

イネスはうっとり語る。

「儀式が終わりということはすぐにでも斎宮になっていただいて。婚約は明日にでも発表しましょう」

「やめろ！　ユノ、絶対に駄目だ！」

拒否の声を上げたのはアルドだ。

「どうして？」

ユノは震える声でアルドに問いかけた。自分の背後で尻尾が所在なさげに揺れたのがわかった。獣の耳もきっと伏せられているだろう。

「僕がイネス神官と結婚しないと、アルド、捕まるんだよ？」

アルドを救うためなのに、何故、アルドが拒むのか。

「アルドが捕まるなんて嫌だ」

そのためなら誰とでも結婚くらいする。アルドの役に立てるなら。

「その方がマシだ」

アルドはギラギラした瞳でユノを見据えた。

「お前が俺以外の誰かに抱かれて、俺以外の誰かと結婚するくらいなら、虜囚になった方が何倍もマシだ」

ひくりとユノの喉が震えた。

「どういう、意味？」

ユノの問いに、アルドがしまったと唇を噛み締める。

「アルド。本当のことを教えて」

だがアルドは再び沈黙してしまった。ぎらぎら輝く金色の瞳がユノを射貫く。

「どうして、こんなことしたの？」

真実が知りたい。何故、こんなことをしたのか。お金のためとは思えない。秘薬がどれほどの金貨と交換されるか知らないが、アルドは自分名義の少なくない土地や財産を持っている。ユノが早く四つ耳になりきれば、アルドだってユノを抱くという苦行からも早く解放されたのに、お金のために秘薬を横領しようとしたとは思えない。

「教えてくれたら、イネス神官とのことも考えなおす」

本当は考えなおすつもりはない。ユノの虚言にアルドは一度強く瞼を閉じ、再び開いた。いつもとは違う、暗い感情を露にした金色の瞳がそこにあった。その色に胸が切なくなる。打ちのめされた様子でもアルドは魅力的だった。

「儀式が終わらなければ、大義名分のもと、私だけのユノのままにできるからだ」

アルドは奥歯を食い締め、そう告げてきた。

突然の告白にユノは息を呑んだ。

「アルド、何を言って……」

その言いようでは、まるでアルドが出世の道具としてではなく、ユノ自身を欲しているかのようではないか。

「お前が私に身を任せるのは私が〈導き〉だからだ。完全な四つ耳となった後は私とは結婚もしてくれないんだろう？」

「それは……」

確かに何度も口にした。でもそれはユノの本心ではない。

「だから薬の量を調整した。お前が完全な四つ耳にならないように」

「そんなの嘘だ。信じない。それに、今はちゃんと秘薬を飲んでるじゃないか。本当に僕を自分のものにし続けたいならそんなことしないはずだ」

「それはお前が〈導き〉の交代を考えたからだ」

「僕が？」

「セイナの墓の前でそこのイーサと話していただろう？」

母の命日に、確かにそんな話をした。いつまでも耳と尻尾が成長しなくて、アルドに抱かれるのが辛かった。それなら代わろうかとイーサが言ってくれた。

「あれを、聞いてたの？」

そう言えばあの日、墓前に供えてあった花は瑞々しく綺麗だった。直前まで大雨だったのに、雨粒を受けた痕跡も、泥が跳ねた跡もなかった。ユノが到着したとき、アルドはまだあの場所にいたのか。

「耳と尻尾の成長が再び始まれば、交代せずに済むと思った」

アルドは自嘲の笑みを浮かべている。

「交代はせずに済んだが、お前は私に一線を引いた」

そう言えば、耳と尻尾の成長が早まっていると言われた日に確認された。このまま変わらず毎日抱いていいなと。ユノは急に終わりが怖くなって、月に一度に戻してもらった。

あのやりとりが、そんな意味を持っていたというのか。

アルドは終わりよりも交代を恐れ、ユノは終わりを恐れた。まったく同じ気持ちでまったく正反対のことを相手に求めた。

「もういいか？　ユノ、わかっただろう。お前が私の罪を被る必要はない。全部私が悪いんだ。儀式は終わった。お前は完全な四つ耳で、斎宮だ。誰の命令も聞く必要はない。だからそんな男とだけは結婚するな」

「嫌だ」

「ユノ。聞き分けろ」

「嫌だ！」

ユノは声を張り上げた。

「僕の〈導き〉は、アルドだ。アルドだから〈導き〉を受け入れた。アルドが好きだったから」

ユノは青の瞳を潤ませ、アルドに告げた。今度はアルドが惚《ほう》けた顔になる。

「ずっとアルドに恋していた」

秘めて秘めて、全身の至るところにまで根を張った思いを、ユノはとうとう告白した。口にしてしまえば簡単だった。愛しているという思いが身体中を満たして溢れてくる。

「好きなんだ、アルドが」

気持ちは涙にもなって発露した。ユノの頬を涙が止めどなく伝って落ちていく。

「気付いたのは十三歳の頃だけど、本当はもっと前から好きだったと思う」

アルドの金色の瞳は驚きを浮かべたままだ。

信じられないと、アルドは小さく吐き出してユノを見据えてくる。それにユノがまっすぐ見返したから、アルドはようよう唇を震わせ、まさかと零した。

「本当だよ。嘘じゃない。ずっと好きだったんだ」

ユノもアルドもお互いを愛していた。その事実を二人とも知らなかった。

「でもアルドは僕のことを子供扱いで、それどころか出世の道具で」

どれだけ苦しんだだろう。それが全部、間違っていたなんて。

「アルド。そうじゃなかったの？　僕は、アルドにとってどんな存在だったの？」

ユノの問いかけに、アルドは一度天井を仰ぎ、ユノをしっかりと見据えてきた。

「私は、お前のことを愛している。お前を私のものにするためならなんでもやれる。お前を斎宮候補に据えて、〈導き〉になれば、お前を抱くことができると思った」

「出世のためじゃなくて、僕を手に入れるために、僕を斎宮候補にしたの？」

「そうだ」

アルドは断言した。

「ははっ、なにそれ……」

ユノは泣きながら笑っていた。なんてことだろう。

「ユノ、愛してるんだ」

アルドが頭《こうべ》を垂れてくる。王族に対する礼でもなく、ノワ神への礼でもなく。一人の人間としてユノに愛を乞うている。

「僕を愛して、誰にも渡したくないって言うなら、どうして、秘薬の横領の罪、否定しなかったの？　僕と引き離されるんだよ？」

ユノは大きく息を吸い込み、込み上げてくる感情を押しとどめ、アルドに問うた。今はまずアルドを救う必要がある。

「潮時だと思ったからだ」

アルドが顔を上げ、ユノを見詰めてきた。こんな状況なのに、獅子族の存在感は文句の付けようもないくらい力強い。雄々《おお》しくて、きらきらしていて。

「抱いても抱いても、決してお前は手に入らないと知らしめられた。どれだけ身体を重ねてもお前の心が手に入らない。正式に斎宮になれば、私は二度とお前を抱けもしない。そうなれば自分の中の獣がお前をどうするかわからないと思った。お前を抱いて、身体を手に入れて、私は私の中の獣の本性を思い知らされた」

アルドは自嘲の笑みを浮かべる。

「手に入らないならいっそ抱き殺してしまいたい」

ユノの背筋に甘い痺れが走る。

「虜囚の身になって離れればお前を私から救えると思った」

ユノはごくりと喉を鳴らした。なんて重い愛情だろう。でもユノの心は歓喜していた。

「そんなに僕のことが好きなんだ」

「愛している」

ユノの胸は熱いものでいっぱいになる。

「アルド。僕も、同じようなことを考えたよ。神官になって、地方に赴任してアルドと離れたら、この気持ちが冷めるんじゃないかって」

ユノは胸に手を当てた。熱いものは胸どころか身体中で渦巻いている。

「でもそうなってもきっと冷めなかった。僕にはアルドしかいないんだ」

ユノの言葉にアルドが目を見開く。

「そろそろその茶番を終わりにしていただけるかな」

「イネス神官」

ユノは涙を拭い、振り返ってイネスを見据えた。

イネスは予想もしなかった事態に苛立っているよう

だ。

「アルド神官は私腹を肥やそうとしていたわけではありません。僕のことを思ってくれただけです」

「そんな言い訳が通用するとお思いですか？」

ユノはにっこり微笑み、次の瞬間、卓の上の小瓶を薙《な》ぎ払った。

けたたましい音を響かせて瓶が割れ、中身が石畳の隙間から地面に染み込んでいく。

「殿下、何を！」

「証拠がなくなりましたね」

イネスは口をパクパクさせている。

秘薬は空気に触れると効力を失う。これはもう秘薬ではない。

ユノは続いて神官長に向き合った。

「神官長。アルドは今日の儀式の分の秘薬は飲んだのですね？」

「え、ええ」

ユノは笑みを浮かべたまま頷いた。

「では秘薬は無駄にできませんね。儀式はこのまま続行します。もちろん〈導き〉は、アルド神官です」

ほうと神官長が頷く。

「殿下はお可愛らしい外見に寄らず、お強くていらっしゃる」

「神官長、こんなこと許されません！　こんな私欲に塗《まみ》れた獣人が〈導き〉だなんて！」

イネスが顔を真っ赤にして神官長に抗議する。

「いいえ」

答えたのはユノだ。イネスがユノを睨み付ける。

「秘薬の件も含めて、これはただの痴話喧嘩です。そもそも斎宮候補の身体を調えるのは〈導き〉の役目です。僕もアルド神官も、ノワ神の教えに背くことは一切していない」

ユノは発声を意識した。先程イネスに向かってアルドのためならなんでもすると告げたとき、不思議なほど清々しい気分だった。あのとき、この一年必死で学んできた斎宮の祈りがなんなのか感覚が摑めた気がした。

　斎宮の言葉は、只人にも、獣人にも訴えかけ、心を動かす力がある。

「そ、そんなこと、誰が認めるものか」

　さっきと同じようにイネスは動揺している。

　斎宮らしく、自信を持って、語りかける。

「あなたに認めていただかなくても、僕は間もなく斎宮になります。そして僕を四つ耳に導いた〈導き〉がアルドであることは間違いない事実です」

　ユノは落ち着かない様子で慌てるイネスを無視してアルドのもとに向かい、手の拘束を解いた。

「ユノ」

「アルド」

　ユノはアルドの手を取った。大好きな人の手だ。

　アルドがユノの手を握り締め、引き寄せた。

「ユノ、ユノ。私のユノ……」

　力強い抱擁に、大好きなアルドの匂いに、ユノはくらくらする。

「神官長！　儀式を馬鹿にしています。こんな斎宮と〈導き〉なんて」

　背後でイネスがまた喚《わめ》きだす。

　ユノはアルドと手を繋ぎ、イネスに向かい合う。

「イネス神官。斎宮は何故存在するのか覚えていますか？」

　本当は怖くて仕方ないけれど、アルドがいれば大丈夫。ユノは自分に言い聞かせながらイネスに問いかける。

「そんなの、只人と獣人の融和のため……」

「そうです。儀式を経て、只人と獣人である僕達は誤解を解き、理解し合うまでに至りました。これほど斎宮の存在意義を体現した儀式はないと思いませんか」

「そんなの詭弁《きべん》だ！」

　イネスは返したが、それ以上の反論は何も思い浮かばなかったらしい。

「それから、斎宮になった暁《あかつき》には、僕はアルドと結婚します」

「なんですって」

追い討ちにイネスが唸った。

「決めたんです。アルドは斎宮配になります。あなたが付け入る余地はない」

「ユノ」

背後からアルドの呆然《ぼうぜん》とした声が聞こえてくる。

「くそ、覚えていろ！」

イネスは捨て台詞を吐いて足取りも乱暴に去っていった。

「今の言葉、本気なのか？」

アルドが信じられないという顔をしている。獅子の耳も尻尾もせわしなく動いて、まるで子供みたいだ。ユノはつい笑ってしまった。

「アルドのそんな顔、初めて見た」

情けない表情すらも愛しくてたまらなかった。

＊＊＊

「獅子の獣人のくせにあんなに簡単に捕まるなんて」

ユノはアルドと二人で王城の自室に戻った。もう夜もかなり更けている。

「秘薬を飲んだ後は意識が朦朧《もうろう》とするからな。その隙を狙われた」

寝台に隣り合って腰掛け、ユノの咎めにアルドは素直に答えてくれた。

「秘薬は獣人には無毒じゃなかったの？」

せいぜい毛色が変わることがある程度ではなかったのか。ユノは首を傾《かし》げた。アルドは苦笑する。

「毒性はない。だが、しばらく激痛に襲われる」

「そうなんだ」

さらりと告げられたが、朦朧とするくらいなのだ。想像以上に苦しいに違いない。儀式の日、アルドはいつも平然としていたが、そんなことがあったなんて。

「イネス神官、まだ何か言ってくるかな」

「言ってくるだろうな。彼は私を敵視している。獣人が嫌いなんだ」

「そんな人がノワ神の神官でいいの？」

「普段は上手く隠しているからな」

確かにユノも最初にイネスに会ったとき、親しみやすい人だなと思った。

「だが、もし今後ユノに何かしようとしてきたら私が潰す。私のユノに手を出すとどんな目に遭うか思い知らせてやる」

アルドは恐ろしい台詞をさらりと言って退《の》けた。

「アルド。僕のこと、その……本当に……？」

実のところユノはずっと聞きたくて仕方がなかったのだ。神官長とイーサと別れ、二人で馬車に乗って戻ってくる間、いつ切り出そうかと考えて、考え過ぎて、結局今になってしまった。

「ああ。私はユノを愛している」

アルドは優しい表情で頷く。

「いつから？」

改めて聞くと、胸が痛いくらいにぎゅっと引き絞られる。心臓も全力疾走したときのように早鐘を打つ。

「お前を引き取って何年かした頃だな。お前は覚えていないだろうが、お前に私の尻尾を触られたときだ」

ユノも覚えている。無闇に触ってはいけないと叱《しか》られた。

「あのとき、私は人生で初めて欲情した」

「え……？」

初めての意味がわからない。

「獅子族は、男兄弟が多いと、下の方の弟は性的な成熟が遅くなったり淡白になったりすることがある。私もその類《たぐい》だ」

アルドには確かに二人の兄がいる。

「獣の獅子は兄弟で雌を取り合うことがあるそうだが、獣人の獅子は兄弟でいがみ合わないように、そういう形に落ち着いたんだろう」

「ま、待って。アルドはお母さんのこと好きだったんだよね」

なんだそれはとアルドが眉間に皺を寄せた。

「お屋敷の使用人さん達が言ってた」

ユノは項垂れる。

「そんな噂《うわさ》をしていたのか。……セイナは先王陛下のことを愛していた。だが自分は獣人だから只人の王家には入れない。先王陛下ともいつかは別れることになる。そのときは偽装結婚をしてあげると言われていた」

「偽装結婚？」

「セイナは私のような子供に興味がない。私は他人に興味がない。だが、お互い貴族だから結婚しないと周囲が煩い。それなら二人で結婚すれば面倒がなくてちょうどいいだろうとセイナは言っていたな。私達は紛れもなく友人だった」

母がそんな大胆なことを提案する性格だったなんてとユノは驚いた。

「しかしセイナはお前を身籠って姿を消した。だから残された私は神官になった」

そうなんだとユノは納得して、ふと気付いた。

「アルド。もしかして、本当に、童貞だったの？」

「そうだ」

アルドはあっさり答えた。

「っ」

「お前を愛するようになるまでは、性交なんか一生しないものだと思っていた。お前に性衝動を覚えた後も、他の人間には何も感じなかった。だから儀式の日まで私は未経験だった」

驚くユノに、アルドはなんでもないことのように続ける。一つ一つがユノにとっては衝撃的だった。

「初めて、ここで、ユノを抱いたとき、この世にこんなにも気持ちのいいことがあるのかと思った。我を忘れてしまった。すまなかったな」

最初のとき、アルドは突然乱暴になった。あれは初めてのことに夢中になっていたからだったのか。早く終わらせたいと思ったからではなかったのか。

じわじわ頬が熱くなってくる。そんなの、嬉し過ぎて泣きそうだ。

「ユノ」

項《うなじ》に手を添えられ、上向かせられる。月明かりに照らされたアルドの真剣な顔がユノを見詰めていた。

「お前こそ、本当に私が好きなのか」

「っ、そうだよ」

「そんなこと、一度も言ってくれなかった」

「だってアルドは僕のこと好きでもないのに、僕を抱くんだって思ってたから。それが辛いのに、アルドに触れられると胸が苦しくて」

「ユノ……」

「アルド。好き、大好き。ずっと好きだった。アルドは今でもお母さんのことが好きなんだから、諦めなきゃって思ってた」

「諦めないでくれ」

アルドの唇がユノのそれを塞ぐ。

「ん」

秘薬の甘い味がする口付けだけど、今日はいつも以上に甘く感じる。すぐに舌が口の中に差し入れられて、ユノは自分の舌をおずおず絡めてそれを歓迎した。

儀式でもあるけれど、今からの行為は気持ちを確かめ合うものでもある。

「ユノ。私の四つ耳」

獣の耳と尻尾に触れられる。アルドの大きな手にすっぽり収まる。

「うん。アルドが僕を四つ耳にした」

寝台に押し倒されたユノは、覆い被さってきたアルドの頬に両手を沿わせた。金色の瞳に、四つの耳を持つ自分が映っている。

「最後まで責任持って」

「ああ。わかっている」

二人は目を閉じて唇を重ね合った。

「アルド」

ユノはうっとりと吐息を零した。

二人で生まれたままの姿になって互いの身体を確かめ合う。ユノはアルドの逞しい身体の至るところに手を這わせた。今まではただの儀式だったから、ユノからアルドに触れることはほとんどなかった。

アルドの肌は力強く弾力がある。夜まで残る熱気にしっとりと汗ばんだ肌が愛おしい。艶《つや》やかな金の髪は柔らかいし、獅子の丸い耳はすべすべで温かい。いくら触っても触り足りない。しまいにはアルドの雄の象徴にまで触れた。既に形を変えているそれは、熱の塊のようだ。どっしりしていて、硬い。同じものが自分にも付いているが、アルドのものは愛おしく思えてしまう。そんな気持ちからゆるゆる掌で包んで撫でていると、アルドが悩ましい吐息を零した。

「すぐいってしまいそうだからやめなさい」

無情にも手を取られてしまう。もっと触れていたかったのに。いかせてみたかったのに。

不貞腐れるユノの、元からある方の耳を、アルドは執拗《しつよう》に噛んだり舐めたりしてくる。

「この耳は可愛い。それに噛みやすい」

「なに、それ……」

「只人の耳は獣人にとって魅力的だ」

そんなこと知らなかった。只人のユノからすれば獣人の獣の耳の方がずっと個性的で可愛いのに。

「だがこっちも可愛い」

次いでアルドは三角の耳を愛撫してくる。

「あっ」

「どっちの耳の方が感じる?」

「ん、どっち、も……」

本当にどっちも感じるのだ。本来の耳は当たり前ながら、獣の耳もアルドが手厚く毛繕いしてくれたおかげで本来の耳と同じように皮膚の感覚が発達した。今愛撫されているのは只人の耳なのに、獣の耳の方がぴくぴく動いてしまっている。

「そうか」

ちゅっと獣の耳の方に口付けを落とされる。獣の耳がびくんと震えた。

「こっちはどうだ」

アルドの唇が首筋から鎖骨に降りていって、胸の尖りを食《は》まれた。

「あっ」

満月の日以外に儀式をするようになって以降、そこは毎回弄られるようになった。

「気持ちいいか？」

濡れた感触に触れられた瞬間に尖った先端をやわく噛まれて引っ張られる。ちょうど痛いのと気持ちいいの境界の強さ。

「ん、いい。気持ちいい」

気持ちいいかと聞かれるのも気持ちいいと答えるのも初めてだ。

「そうか。これで正解だったか」

ユノが感じるやり方をアルドなりに探っていたのだろう。全部正解だったけど。

「ああっ」

仕上げとばかりに舌の腹で舐め上げられて肌が粟立った。

「あ、アルド。普通の手順って、なに……」

ユノの胸にずっとつかえていたことを聞いてみた。

催淫の効果のある香がないから普通の手順でするのだとアルドは言った。でも、ユノとが初めてだったらしい。

「他の人と、したこと、んっ、ないんだよね……？」

「ああ」

アルドは反対側の乳首の愛撫を開始していたが、唇を離し、頷いてくれた。

「っ」

代わりに濡れた尖りを指先で摘み上げられてぐにぐにと押し潰される。それも気持ちいい。

「お前とするために知識として仕入れた」

「そ、そっか」

そうだろうとは思ったが、はっきり言われると安堵する。

「過去も現在も、未来も、私がこうするのはお前だけだ」

「うん。僕も」

唇をぴったり塞がれて深く口付け合う。

「んっ」

アルドのものがユノの太腿に擦り付けられる。香なんかなくてもアルドのものはすっかり昂っている。ユノも同じだ。きっと最初の日も、本当は香なんかいらなかったのだろう。だが、香があったからお互いそのことに気付けなかった。二人の間のあらゆる言葉と態度だけではなく、そんなものまで二人の誤解を助長してしまったのか。

「アルド、早く繋がりたい」

ユノはアルドの金色の髪を引っ張って願った。口にして願う羞恥よりも欲求が勝った。アルドが自分もだと苦笑する。

「あっ」

俯《うつぶ》せにされ、アルドがユノの尻尾の根元を甘噛みしてくる。尻尾がびくびく震えた。

「な、に……っ?」

尻尾には唇の代わりに手が添えられ、離れた唇がその生え際に触れてきた。ちゅっと音を立てた唇が次に触れたのは、交わる場所だった。

「うそ……」

信じられない。アルドがあんな場所に口付けしている。

「それ、っ、なんで」

疑問を告げる間に、唇でなく滑った感触が触れてきた。

「あ……」

アルドの舌が、そこを舐めている。

「お前は、ここまで可愛い。食べてしまいたい」

吐息が触れてユノの全身は甘く震えた。ねっとり舐められて、舌の先端が中に潜り込んでくる。

「ああ……っ」

そんなことをと思うのに、そんなことをするくらい自分のことが好きなんだとも思ってしまう。アルドの舌はずっぽりと中に入ってきて、中を濡らしてくる。指も入り込んできて、ぐちゅぐちゅ水音がし始めた。

「ああ……」

思わず声が漏れた。一ヶ月ぶりだが、ユノの中はすぐに解れていく。アルドが欲しくてたまらないから当たり前だ。

性急に慣らしたアルドが指を抜き、喪失感に震えたユノの身体をころりとひっくり返す。

「あ……」

ユノが体勢を整える前に、両脚が抱え上げられた。ユノの尻尾がアルドの腰に巻き付く。アルドが目を細めて笑う。尻尾もこれくらいの簡単な動作なら自分で動かせる。アルドが毎日毛繕いだけでなく根元から先端まで触れて自在に動かせるように訓練してくれたおかげだ。

「可愛いな」

甘ったるい視線と声音がなんだか恥ずかしい。やり過ぎたかと尻尾をアルドから離そうと意識してみたけれど邪魔が入った。

「ひゃん」

子猫にするように喉をくすぐられて、思わず甲高い声が漏れた。アルドは一層甘い顔付きになる。こんな顔ができるなんて知らなかった。相手が自分だからだと思うと身体に甘い痺れが走り、交わる場所がひくんと震えた。それを見通しているぞとでもいうように熱い先端が押し付けられる。

「いいな?」

問いかけながらもアルドのものは待ちきれないかのようにユノの入り口をこじ開けようとしている。

「うん」

返事をした直後、アルドの猛々《たけだけ》しいものがユノの中に一気に突きこまれた。

「——っ！」

「っ、いつもより、きついな」

「アルドも、いつもより、おっきい」

いっぱいで苦しいけど、気持ちよくてたまらない。中でアルドのものが熱く脈打っているのがわかる。ああ、本当に自分を求めてくれているんだと実感する。

「ユノ、我慢できない。動くぞ」

「うん。いっぱい、して。あっ」

アルドは最初から激しく動き出した。最初の儀式のときと同じだ。でも、慣れたユノにはひたすら快感になってしまう。

あのときは暗くしてもらったから見えなかったけれど、今日は月明かりがある。アルドの端整な顔がぎらぎらした欲情を浮かべている。

「そこは、あっ、あ……っ、変になる、からっ」

奥をぐつぐつと突かれてユノはアルドの腕に縋り付いて訴えた。

「知ってる。ここを突くとお前の中がぎゅうっと締まる」

訴えたのにアルドは一層強く突いてきて、それどころか先端をぐりぐり押し付けてくる。

「ひあっ！　っ、ア、アルドなんか、僕しか知らないくせに」

「知る必要があるか？」

冷静に返されてユノは息を呑む。

「……ない」

ユノの答えはアルドを満足させたらしい。アルドはユノを追い詰めながら、自身の快楽も追い始めた。

「あ、あっ、あ……、アルド」

揺さぶられながらユノは手を伸ばし、アルドに口付けをねだった。

「アルド、アルド」

口付けを交わしながら何度も名前を呼ぶ。

「あ、これ、儀式、だった」

ふと思い出した。口の中に秘薬をとどめておかなければいけないのに。

するとアルドが動きを止めないまま笑う。

「構うものか。もっと私を呼んでくれ」

「でも」

「明日も、明後日もすればいいだけだ。お前が完全に四つ耳になるまでいくらでも。なってからだっていくらでも」

最高の提案にユノは目を瞬いて、頷いた。喜んだ尻尾が勝手に動いて、アルドのそれに絡む。アルドの尻尾も応じるように絡めてきてくれて、すりすり擦れ合う。それがとても嬉しい。獣の尻尾同士で気持ちを確かめ合えるなんて、なんて素晴らしいんだろう。

「アルド、好き、好き」

尻尾だけに任せておけない。言葉でも教えたい。自分がどれだけアルドを好きなのかを。

「ああ、ユノ。私もお前を愛している。誰にも渡さない」

アルドも同じだけ応えてくれた。

そうしてあとは、二人で絶頂まで駆け上がった。

一度だけでは足りず、何度も、何度も。獣みたいに貪り合った。

十の月

「ユノ。そろそろ起きなさい」

　アルドは胸に擦《す》り寄るようにして眠るユノに声をかけた。うーんと小さな声がして、縞斑模様の尻尾がぱしっと寝台を叩く。人前では大分動かないように制御できるようになったが、眠っているときまでは無理なようだ。

「ユノ」

　窘めるように呼んでみても起きる気配はない。

「ユノ」

　獣の方の耳に唇を付けて呼んでみる。

「ひゃうっ」

　ユノは奇妙な声を上げてぱっちりと目を覚ました。

「起きたか。おはよう」

「アルド。おはよう」

　眠たそうに青い瞳を擦ったユノはアルドを認めてふにゃりと笑う。あまりに可愛くてアルドはユノに口付けた。

「ん、ん……」

　ユノは甘い声を漏らして口付けを受ける。両腕と尻尾が絡み付いてきたので、口付けをもう少しだけ深めた。

「アルド」

　唇を離すと、ユノが胸に頭を擦り付けてくる。まるで猫だ。そう言えば母親が猫族だからか、只人なのに時折猫のような仕草をすることがあった。あまりに可愛いので、頭の大きさの割に大きな三角の耳を順番に根元から撫でてやる。気持ちよさそうにもっとと引っ付いてくるからたまらない。

「このまま可愛がってやりたいところだが、今日は大事な日だからな」

　少し残念に思いながら告げると、ユノは「あ」と声を出して顔を上げた。

「そうか。今日は」

やっと起き上がった上半身の夜着の隙間から、ちらちらと鬱血の痕《あと》が見え隠れしている。昨晩アルドが付けたものだ。ユノの肌は甘くてつい執拗に吸い付いてしまう。

「ユノ殿下、そろそろお支度《したく》を」

やはり少しくらいはいいかとアルドがユノに手を伸ばしかけたとき、外からレニエの声がかかった。

「今起きます」

ユノが慌てて寝台から抜け出す。

伸ばしかけた手の行き所を失ってしまった。今日は仕方ないとアルドは諦め、自身も寝台から起き出した。

「ユノ殿下のご準備ができました」

アルドが自身の支度を終えて待っていると、レニエに先導されてユノが現れた。

「どう、かな?」

アルドは感嘆の溜息を零した。

ユノに合わせて作られた斎宮の祭事の衣装はユノの魅力を十二分に引き出していた。黒髪の上に生えた三角の耳と、脛《すね》までの長さがある太くまっすぐな尻尾は敢えて薄布で覆うことによって神秘性が増している。

「とても美しい」

アルドの賛辞にユノは顔を真っ赤にした。

「アルドも、すごく格好いい」

「それは嬉しいな。おいで」

両腕を広げて呼ぶと、ユノは嬉しそうに駆け寄ってきて胸に凭れかかってきた。その可愛らしさにアルドはつい唇を奪っていた。

「アルド、人前なのに……」

吐息が触れ合う距離で可愛く睨まれる。後ろではレニエが横を向いて二人の口付けから目を逸《そ》らしてくれていた。

レニエはすっかりユノと仲よくなっていて、今後は神殿に移り、そこで暮らしていく予定のユノに付いていき、世話を続けてくれることになっている。アルドは口付けを窘められて、侍女の前でなんて人前でないも同然なのにと思ったが、ユノの気持ちに配慮することにした。

「私の斎宮に祝福を頂戴しただけです」

いつかと同じ言い訳だ。

「祝福。そっか、祝福か」

「ええ。只人から四つ耳となられた斎宮よ。どうぞ獣人にも祝福を」

ユノがそれなら仕方ないなという風に頬を緩めたので、アルドはもう一度だけ口付けた。「二回目……」と納得のいかない様子のユノの前にアルドは跪《ひざまず》く。

「さあ、斎宮聖下。まずは神官長のところへ参りましょう。最後の裁定が残っています」

アルドはユノの手を取り、促した。

＊＊＊

ユノの横にはアルド。目の前では神官長が難しい顔で唸っている。

どうしたのだろうとユノがアルドを見上げると、アルドも首を傾げて返した。

儀式の最後に行われる裁定が始まったところだ。ユノの耳と尻尾は結局九の月の儀式の後も成長を続け、やっと今月の儀式の後で止まったのが確認された。

裁定は、斎宮にどのような獣の耳と尻尾が生えたのかを判断する儀式だ。とは言え、大抵は途中でその形で判断できるので、形式的なものだ。ユノの耳と尻尾は明らかに猫のそれだ。縞斑が基本で、尻尾の先端だけが黒い。

「これは猫族ではない」

だが神官長は思いもよらぬ結論を告げた。

「猫族じゃない？」

「猫族にしては、身体の大きさに対して耳も尻尾も大きい」

確かに大きい。でも個体差ではないのか。

神官長は獣人の種族別帳をぱらぱらと捲《めく》る。それは神官長や一部の人間だけが閲覧を許されるもので、過去から現在に至るありとあらゆる獣人の種族の特徴が古い言葉で記されている。

「毛を一本いただけますかな」

神官長の言葉にユノが頷くと、アルドがユノの獣の耳に手を添え、撫でながら一本の毛を抜いてくれた。それを受け取った神官長が種族別帳の表紙の裏側にある窪《くぼ》みにそれを入れて一度表紙を閉じる。

一体、何をしているのか。

するとしばらくして、種族別帳の一頁が淡く光った。神官長は急いでその頁を確認する。

「なるほど。黒足猫《くろあしねこ》族か」

聞いたことのない名前だ。

「かつて存在した一種族でな。猫族というより山猫族のようなものかの」

山猫族はユノも聞いたことがある。猫族と似て非なる希少な種族で、小さな集落を作って生活している。山猫族は猫族よりも大柄なことが多いらしい。

大柄とは思えない自分にユノは首を傾げる。神官長が苦笑した。

「黒足猫というのは、獅子と同じような草原に住んでいて、そもそも大人でも子猫のように小さくて臆病な性質をしているらしい」

神官長が続けたのは、獣人ではなく獣の方の話だ。獣人の種族別帳にはどうやら獣の方の性質も載っているようだ。

ユノは自分が小柄だったから、黒足猫の耳と尻尾が生えたのだろうかと考える。

「だが、黒足猫はときには自分よりもはるかに大きい獲物を仕留める。思うに、殿下の耳と尻尾に黒足猫の特徴が出たのは、この辺りが理由ではないかな」

神官長の言葉の意味がわからずユノは瞬いた。対してアルドは納得顔だ。

「そのような小さなお姿で獅子を仕留めてしまわれた。生まれながらの獣以上に立派な獣であらせられる」

仕留めたとは、恋愛の意味か。悟ったユノはなんだかもぞもぞとしてしまう。斎宮の衣装の下で耳と尻尾もぴくぴく動いている。

「私がイネス神官に断罪されたときのユノも勇敢だった」

神官長の軽妙な説明に続いてアルドもそんなことを言ってくる。

「私の斎宮。私の四つ耳。私の獣。私の黒足猫。ユノ、私はお前のものだ」

もう何度も聞かされた台詞に、今日また一文が加わった。

「さて、これで儀式は本当に終わりです。それでは参りますかな、斎宮聖下」

神官長の言葉を合図にアルドが手を伸ばしてくる。ユノはその手を取った。

自分の〈導き〉に先導されて、ユノは人々の待つ祈りの間へと足を踏み出した。

扉を開くと、祈りの間に集まった人々が歓声を上げて迎えてくれた。

斎宮聖下という声があちらこちらから上がって、やがて重なり合って大音声《だいおんじょう》になる。

本日は獣人の〈導き〉によって四つ耳へと導かれた斎宮の披露目の日だ。

隣のアルドが手を握ってくれた。

今度は、斎宮配聖下という声が上がった。

ユノが斎宮になると同時に、ユノはアルドと結婚すると発表していたから、斎宮配の披露目も同時に行われる。

これからユノは、只人と獣人との間の存在として二つの種族の架け橋になる。その傍《かたわ》らにはずっとユノの獅子が付いていてくれる。

「聖下、お祈りを」

促されて、ユノはすうと息を吸い込んだ。

只人と獣人が手を取り合い、ともに栄えていきますように。

おわり

獣は祝福を受ける

秋が深まり、冬も間もなくという頃だ。

時節にしては暖かな午後。

只人《ただびと》と獣人の二つを等しく慈しむ神のみもとにて、
心安らかに過ごしませ。

不思議な響きを持つ旋律が、はらはらと落ち葉の散る静謐《せいひつ》な場所に響く。

亡くなった者が安らかにあるための祈りを捧げ終わり、ユノは瞼《まぶた》を開いた。

「よかった。間違えなかった」

目の前には母の墓がある。

「お母さん。報告が遅くなってごめんなさい。僕、斎宮《さいぐう》になりました」

完全な四つ耳《よみみ》となり、斎宮になったユノは儀式の最中よりも自由に出歩けるようになったが、就任直後は何かと多忙で、母の墓にやってくるのが一月遅れの今日になってしまったのだ。

やっと母に報告できたと安堵《あんど》する。

「黒足猫《くろあしねこ》っていう獣の耳と尻尾なんだって。……似合うかな？」

斎宮の普段着は普通の獣人と同じように耳も尻尾も隠さない。尻尾もよく見えるようにと前に移動させて手に持つ。アルドによって毎日熱心に手入れされているそれは、ふさふさつやつやしていて自分で触っても気持ちいい。

「似合っている。これ以上ないくらいに」

答えは隣から聞こえてきた。

「アルドに聞いたわけじゃないんだけど」

恥ずかしさからつい文句が口をついたが、横を向いてみるとアルドは真面目な顔付きをしていた。昼の光を弾く金色の瞳がまっすぐにユノを射止める。心からそう思っているのだと言わんばかりだ。

「セイナもそう思うさ」

アルドが微《かす》かに笑う。珍しい笑顔にユノの胸がときめきを覚える。いつもはあまり表情を変えないくせに、こんなときにその顔はずるい。

アルドは正面を見据え、抱えていた花束を墓前に供えた。母の一番好きな花だ。本来は春の花なのだが、秋咲きの特別な品種に心当たりがあるとアルドがわざわざ遠くから取り寄せてくれた。

「それから？　お前が言わないなら私が言うが」

「駄目。ちゃんと自分で言う！」

ユノは慌てて尻尾から手を離し、アルドの腕を掴んで止めた。

改めて墓に向かい合うと、斎宮になったことを報告するよりも緊張する。でも言わなくては。息を吸い、口を開く。

「お母さん。実はそれだけじゃなくて。……アルドと結婚しました」

このために、アルドはわざわざ貴重な花を取り寄せてくれたのだ。値段は聞いていないが、すごく高い買い物だったと思う。伴侶の親に結婚の挨拶に行くのだから手土産は最高のものをということらしい。

「セイナ。私はユノを愛している。ユノは私が必ず幸せにする。ノワ神とお前に誓う」

アルドが続けてくれた。母の墓前ではっきり愛していると断言されてユノの頬《ほ》が熱い。ついさっき、耳と尻尾が似合っていると褒められたとき以上に照れてしまう。嬉し過ぎてなんて反応したらいいかわからないうちに、背後で獅子の尻尾がユノのそれにそっと寄り添ってきた。自分の縞斑の太い尻尾も意識しないうちにアルドのそれに絡まっていく。

「もう十分幸せなんだよ」

心の底から思ったままを母に告げた。明るい日差しの中、そっと目を閉じると、瞼の裏で母が優しい表情で笑っている姿が思い出された。


「お母さん、神様のみもとでなんて言ってるかな？」

馬車の中でユノは並んで座っているアルドに聞い

てみた。

「驚いているかもしれないが、ユノが幸せなら納得してくれるだろう」

「そっかな」

「ああ」

手をアルドの膝の上に引き寄せられて、ぎゅっと握られた。アルドの手はいつでも大きくて温かい。

少しして到着したのはアルドの私邸だ。ユノが八歳から十五歳まで過ごした屋敷は今ではユノにとって実家のようなものだ。

ユノは母に結婚を報告するときよりもさらに緊張して馬車を降りる。

「斎宮聖下、斎宮配《さいぐうはい》聖下。お待ちしておりました」

使用人達と一緒に迎え入れてくれたのは猫族の女性と獅子族の男性だ。

「小母《おば》様、シリオンさん」

猫族の女性はアルドの母親のルネで、獅子族の男性はアルドの次兄だ。皆、深く腰を下げて、両手を握り合わせている。斎宮に対する一般人の敬礼だ。

「そんな風にしないで、いつも通りにして下さい。ここは私的な場所だし」

アルドの家族にも挨拶をしたいと頼んだのはユノだ。神殿に呼べば、あるいはファイスト伯爵家の屋敷に訪問すると公的な立場を崩せなくなる。アルドの私邸は二人の私的な所有物なので、そこに来てもらえば、堅苦しい礼儀抜きで挨拶できる。あいにく、父親と長兄は都合がつかなかったので、今日はルネとシリオンだけだ。

「ではお言葉に甘えて」

ルネとシリオンは顔を見合わせて頷き合ってからユノの希望を聞いてくれた。

「ユノ。甘えついでに一ついいかしら」

「はい」

ルネは母の叔母で、ユノにも何かとよくしてくれた。母と年齢や毛色は違うけれど同じ猫族だからルネを見てはよく母を思い出した。

「私のことは小母様ではなく、お義母様と呼んで欲しいのだけれど」

「あっ」

ユノは頬を染めた。アルドの母親なのだから、当然そうなる。ルネはきらきら目を輝かせて呼ばれるのを待っている。隣のアルドが背をぽんと叩いて、そうしてやって欲しいと目線で合図してきた。

「お、お義母様っ」

小さく喉を鳴らし、上擦った声で呼びかけると、ルネは満面の笑みになった。

「ええ。ええ、可愛いユノ。あなたが息子になる日がくるなんて、なんて嬉しいんでしょう」

ルネが感極まった様子でユノを抱き締めてきた。柔らかい身体に抱擁されてユノもじわじわ嬉しくなってくる。瞼を閉じると、母も一緒に喜んでくれているような気分になれた。

「母上。俺もユノに挨拶がしたいです」

シリオンの呼びかけにルネはやっとユノを解放してくれた。向かい合ったシリオンはアルドに負けず劣らずの体格をしていて、兄弟だけあって顔も似ている。騎士団という厳格な場所に所属しているはずのシリオンだが、受ける印象はアルドと正反対だ。今も騎士服ではなく流行を取り入れた華やかな貴族の衣装を身に纏っていて、機嫌よさげな笑みを浮かべている。

親しげな態度で手を差し出されたが、ユノは握り返すべきか逡巡《しゅんじゅん》した。

「しかしあの小さなユノがここまで美味《うま》そうに育つとは。将来有望とは思っていたが、想像以上だったな」

ぞわっとして獣の耳と尻尾の毛が逆立ったのがわかった。ユノは昔からシリオンが苦手だ。嫌いというほどではないけれど、シリオンがいる場所ではなんだか落ち着かなくて、小さい頃はアルドの背中に隠れたり袖を摑んだりせずにはいられなかった。

その理由が今わかった。シリオンは非常に軽い性格で、獅子族らしく多情だ。周囲から女性や男性の姿が絶えたことはない。シリオンはきっとユノのことも自分の獲物になり得るか見定めていたのだろう。

ユノが手を握り返せずにいるうちに、シリオンの手をアルドが尻尾で叩き落とし、ユノを自分の胸に抱き寄せてくれた。

「痛っ。アルド、何をする！」

「兄上。ユノは私のものです。許可なく触れないでいただきたい」

ユノの頭上でアルドが自分の兄に怒りを隠すこともせず唸るような表情を向ける。シリオンも不機嫌そうにアルドを睨み返した。成人男性の獅子族が対峙する様子は逃げ出したくなる迫力がある。

獣の獅子は兄弟でも雌を取り合う。

いつだったかアルドに聞いた話が思い出されてユノは急に怖くなった。

「あなた達、その辺にしなさい」

ルネが兄弟のいがみ合いに割って入った。ルネは息子達に比べるとかなり小柄なのに、臆する様子もない。ユノは驚いてルネを凝視《ぎょうし》してしまう。

「アルドは手のかからないいい子だったけれど、上の二人と父親は喧嘩なんか未だにしょっちゅうですもの。慣れてしまったわ」

ルネは少女のようにころころと笑った。その笑い方がふと母親の面影に重なる。

「母上。もう俺もいい年齢なので子供扱いはそろそろやめて下さい」

まず反応したのはシリオンだった。

「そう思うなら早く落ち着いて私を安心させてちょうだい。ほら、あなたが変なことを言ったのが悪いのよ。ユノとアルドに謝って」

ルネに窘《たしな》められてシリオンはすっかり戦意を失ってしまったらしい。両手を上げて肩を竦めてみせる。

「俺が悪かった。大体なあ、さすがの俺でも斎宮聖下に手は出せん。冗談くらいわかれ」

「冗談でも許せないこともある」

そう言いながらもアルドが警戒を緩めたので、ユノもほっと安堵した。

「さあお茶の準備が整っているわ。行きましょう」

ルネの言葉に四人で応接室に向かう。応接室に入ると、使用人頭のジーンも挨拶とお祝いをしてくれた。使用人達のうち侍女が二人ほど神殿でユノとアルドの世話をしてくれているが、ジーンは含まれていない。

「私だって本当はお二人のお世話をしたかったんですよ。でも、それよりもこの屋敷を守ることが自分の役目だと思ったんです。ユノ様もアルド様もいつでも帰ってきて下さいましね」

ジーンがふくよかな身体と大きな栗鼠《りす》の尻尾を揺らしながらそう言ってくれたので、ユノは少し涙ぐんでしまった。八歳で唯一の家族の母親を失ったユノだったが、今はこうして帰る場所も、待ってくれている人達も、家族までいる。全部アルドが与えてくれたものだ。


それから、ジーンも他の使用人達もユノとアルドの結婚を我がことのように喜んでくれて、料理人が腕によりをかけて作ってくれた食事を堪能して、楽しい時間はあっという間に過ぎていった。

夕方になって神殿に帰る時刻になった。明日の早朝から斎宮の務めがあるから今夜は泊まれないのだ。

ルネとシリオンが玄関まで見送ってくれる。

「今日は会えて本当によかったわ」

「まったく。求婚を断られたと聞いてからずっと心配していたんだぞ」

出迎えの挨拶のときと同様にルネに抱擁されていると、シリオンはアルドににやにやした笑みを向けてきた。

「求婚?」

ルネの抱擁から解放されながらユノは首を傾《かし》げた。

一体何の話なのか。誰が誰に求婚して断られたのか。

ルネとシリオンが「おや?」という表情になってアルドを見つめる。

「私のお前への求婚だ」

あっさり答えたのはアルドだ。

「何それ？」

求婚は秘薬の横領の嫌疑がアルドにかかったとき、アルドの身分を確かなものにするためにユノからした。それ以前にもアルドはユノと結婚したいと言っていたが、求婚とは少し違っていたと思う。

「お前が神学校に行きたいと言った日だ」

アルドの口から出てきたのは想像以上に古い話だった。

「あのとき、ゆくゆくは私の財産の管理を任せたいと言っただろう？」

確かに言われた。それで喧嘩になったのだからよく覚えている。ユノは思い出しながら頷く。

「神官は神官以外と結婚すると相手を神殿外の家に住まわせ、通い婚になる。そして伴侶が二人の財産を管理することになる」

そんな話をユノも聞いたことがある。財産を管理するのは伴侶。ということは財産を管理して欲しいというのは、求婚……!?

突然辿りついた事実にユノの頭は真っ白になった。

「さあ、帰ろう」

ユノは混乱したままアルドに馬車へ連行された。


「あれ、求婚だったの？」

神殿に戻り、神殿の奥深く、斎宮の住まう宮の自室で二人きりになるなり、ユノはアルドと向かい合って問い詰めた。馬車で聞こうとしたら、アルドに神殿に戻ってから改めて話すと言われてしまったのだ。心の中でずっと早く早くと馬車を急《せ》き立てて、今やっと聞くことができた。

「やはり気付いていなかったのか」

アルドはユノの腰を抱き寄せながら苦笑する。

「だってそんなのわかるわけないよ」

あんな台詞で求婚されていたなんて。ユノは爪先立ちになってアルドを睨み上げた。アルドは目を細め、ユノの背中をそっと撫でる。気持ちよくて尻尾が勝手に上向いていく。いけないとユノは尻尾に動かないように言い聞かせる。今は話の方が先だ。

「小母様、じゃなくて……、お義母様も、シリオンさんも知ってたのに……」

「私名義の財産でも、もとは伯爵家のものだ。父上に話を通しておく必要があったんだ。母上と兄上は父上から聞いたんだろう」

「どうしてちゃんと言ってくれなかったの？　これは求婚だって」

ユノの答えに、アルドはなんでもないという風に答える。

「先にお前に神学校に行きたいと言われてしまったからな。嫌われていると思っていたし、私との結婚以前に、ユノは私に囲われるように生きていくのは嫌なのかと」

「それは……」

「違ったのだと今は知っている」

アルドの手が只人の耳に触れてくる。

「三年は私に与えられた猶予だった。神学校なら私の目も届くし、一度は反対してしまったが、お前がしたいようにさせてもやりたいし、その間にお前の気持ちを私に向けられたらと考えた」

続いて獣の耳ごと頭を撫でられて、胸が疼《うず》いた。ユノの希望をちゃんと考えてくれていたのか。

求婚なのだと知っていたら十五歳の自分はどうしただろう。受けただろうか。断ったとは思えない。

もしアルドが自分のことを好きだと言ってくれていたら、アルドの言う通りに財産を管理するための勉強を始めていただろうか。いや、やっぱり神学校に進んで同じ神官としてアルドを助ける立場での結婚を望んだかもしれない。

いずれにしても、アルドへの気持ちを忘れなきゃなんて思い悩むことはなかっただろう。

「それに、もし了承を得たとしても十八歳までは手を出さないつもりだったからな。十八歳のお前を手に入れられたのだから結果は同じだ」

「そういう問題じゃ……」

「むしろあの時、断ってくれたおかげで斎宮という立場が手に入った。斎宮に気軽に手を出すような人間はいない。先刻のシリオン兄上の態度には本当に肝が冷えた」

アルドはシリオンとの対峙を思い出したのか僅かに眉間に皺を寄せた。

確かに頷ける部分もある。実はユノも斎宮配となったアルドを誘惑するような人間がいないことに安心しているのだから。それに黒足猫の耳や尻尾もとても気に入っている。改めて考えてみると、この結果でよかったのだと心から思う。

「……アルドって、肝心なことを伝えてくれないよね。僕を斎宮候補にしたときだってそう」

好きだと、それさえ言ってくれてたらよかったのだ。

「四年前に言ってくれてたら、僕はこの気持ちに苦しまなくて済んだのに」

「そんなに苦しかったのか？」

アルドの手が止まる。金色の瞳がじっと見詰めてくる。

「そうだよ。アルドを見かける度、胸が痛くて。アルドが他の人達に囲まれているとそれだけで嫉妬して」

「私もユノが友人達と談笑しているところを見ると、それだけで嫉妬に狂いそうだった」

アルドの胸に引き寄せられる。鼓動がいつもよりほんの少し速い気がする。嫉妬の感情が蘇ってでもいるのだろうか。

そうか、アルドも苦しんでいたのか。自分と同じだったのか。そう思うと、なんだか安堵にも似た嬉しい気持ちがちょっとだけ湧いてきた。

「三年間、毎日アルドのこと考えてた」

「私もだ。ユノのことを考えない日なんかなかった」

「でも偶然会えたらどうしていいかわからなくなって」

「そうだな。お前はいつもつれなかった」

自覚があるのでユノはアルドの胸に頬を押し付けて無言で答えた。正直に自分の気持ちを伝えればよかったのはお互い様だったわけだ。

「どうしたらお前が私を受け入れてくれるのかずっと悩んでいた。成長するにつれてお前はどんどん綺麗になって、会うたびに欲望が膨らむ。求婚を受け入れられていたら十八歳になる前に手を出してしまったかもしれないな」

「十八歳より前は駄目だったの？」

ユノは瞬いてアルドを見上げる。結婚自体は十八歳より前でも可能だ。

「お前は身体が小さいからな。せめて身体が成熟するまで成長してもらわないと壊してしまいそうで怖かった」

優しく目を細められてユノはなんとも言えない気持ちになる。自分は知らないところでもアルドに大事にされていたらしい。

「でも僕、……アルドのこと思いながら何回か一人でしたよ？　アルドの気持ちなんか知らないから、いつも罪悪感でいっぱいで」

知っていたら罪悪感を覚えずに済んだのに。同罪であってもやっぱり悔しくて思い切って告白してみると、アルドが瞬いた。

「一人で？」

アルドの逞しい腕がユノの身体を引き剝がす。

「自慰ということか？」

直接的な単語で真っ向から問われる。

「え、そ、そう、だけど……？」

アルドの顔がとても真剣だ。目付きがなんだか鋭い。何か悪いことを言ったのだろうかとユノは不安に陥る。

「アルドだって、した、よね……？」

いつからかユノに欲情を覚えて、ユノとするまで誰とも性交しなかったというなら、当然自慰くらいするだろう。

「していない」

だが、アルドの答えはユノの思った通りではなかった。

「えっ？　嘘」

「嘘ではない」

つい疑う言葉が口をついて出て、それを即座に否定される。

「で、でも、僕に、その……欲情してくれてたんだよね？」

「ああ。だがユノにだけだと言っただろう？　ユノがいなければ欲情しない。だから自慰も必要なかった」

「え？　え……？」

混乱するユノの身体が不意に抱き上げられ、奥の部屋に運ばれる。

日は暮れていて、灯りを入れていない寝室は淡い宵の光に満ちていた。

「お前はしていたんだな？　私のことを考えて。ぜひ、教えてくれ」

戸惑ううちに裸にされて、寝台にあぐらをかいたアルドの上に座らされて後ろから抱き込まれる。

「教えてって、あっ」

獣の耳を食まれ、只人の耳を舐《ねぶ》られる。部屋は少し肌寒い。背中は温かいけれど、胸から腹が寒くて鳥肌が立った。

「ん……」

アルドの右手が冷えた肌を温めるように撫でながら首筋から下腹に向かってゆっくり下りていく。

「私の知らないお前がいることが我慢できない。ユノの全てが知りたい」

最終的に右手を取られて、まだくったりした自分のものを摑むように促され、その手にアルドの手が重ねられる。

「どうやって触ったんだ？」

そんな繊細なことを聞くなんて礼儀違反だ。そう思うのに、アルドの声は真面目そのもので、ふざけた雰囲気は微塵《みじん》もない。

「ユノ、教えてくれ」

それどころか懇願するように只人の耳に吹き込まれる。

「どう、って」

それだけで身体がぴくんと反応した。もう数え切れないくらい抱き合って、感じるところは全部アルドに知られてしまっている。

「ユノ」

「んっ」

唇で只人の耳の下を辿られ、音を立てて吸い付かれる。ユノの細い肩に顎を乗せたアルドがユノの手と、それに包まれたものをじっと見下ろしている。

それだけでユノのものは芯を持ち始めた。

「してみせてくれ」

アルドが誘導するようにユノの手を上下に動かす。

「あ……」

甘い痺れが走った。

「ん……っ」

そのままアルドの手に操られるようにしてユノは手を動かし始める。幹を強めに擦ったり、括《くび》れを指先で擽《くすぐ》ったり。先端の小さな口を弄《いじ》るのはちょっと怖くて、そろそろ撫でるくらいしかできない。経験はあっても豊富なわけじゃないから手技はきっと下手くそだ。

「んっ、ん……」

それなのにアルドの体温や匂いのせいで普通に一人でするより感じてしまう。思わず甲高い声が漏れてしまって、左手の甲で唇を押さえる。

「声も聞きたい」

それなのにアルドがそんなことを囁いて、左手を外そうとしてくる。

「ど、して……？」

「うん？」

「なんでこんなの見たいんだよ？　自分でしろっていいながら、なんでアルドも触ってくるの？」

アルドを感じながら自分でするのは拷問《ごうもん》も同然だ。身体のあちこちが触って欲しくて疼《うず》いて、でも自分の手の拙《つたな》い動きでしか快感を得られない。

全然足りない。足りなくて辛い。半泣きになりながら訴えると、こめかみや頬にあやすように口付けられた。

「私がお前を見ていたいし、触りたいからだ」

「そんなのずるい。僕だってアルドに触りたい」

アルドのものはユノの下で確実に大きく育っている。ごりごり硬いものがユノの尻を押し上げているのがわかる。

ユノが酷いと涙声で詰《なじ》ると、突然小柄な身体がひょいと持ち上げられ、脇に降ろされた。アルドが素早く自分の衣服を脱ぎ去って、ぼんやりしているユノを再び自分の上に座らせる。今度は、向かい合う格好だ。

「ユノ」

「んっ」

背中を抱き寄せられ、後頭部を手で支えられて上向かされたと思ったら口付けを受けた。

アルドの口付けは甘い。秘薬の熟れた果実のような甘さではなく、優しい甘さがする。儀式のせいで唾液をたっぷり絡み合わせる口付けがお互い癖になってしまって、睦《むつ》み合う最中の口付けはいつも深くて長い。

「ん、んっ」

ユノはアルドの発達した肩に縋り付く。柔らかい金色の髪に指が絡む。こうして素肌を触れ合わせるだけで心地よい。

「ユノ」

やっと唇が離れていった頃にはユノの息は乱れてしまっていた。アルドが額をこつんと合わせて間近で見詰めてくる。きらきら光る金色の瞳は欲情に濡れている。ユノだけがこの瞳の色を引き出すことができる。

「一緒にすればいいか？」

それがユノの先程の言葉に対する答えだとは一瞬わからなかった。

「あっ」

アルドが自分のものとユノのものとを重ねてくる。ぴったり寄り添うと大きさや形の違いが如実《にょじつ》にわかってしまう。

「アルドの、大きい……」

「お前のは可愛くて綺麗だ」

言外に小さいと言われたようでユノはちょっとムッとしてしまった。でも、これはさすがに比べる対象が悪い。

「こうすればお前も私に触れるだろう」

アルドはユノの右手を二つのものを包むように促してきて、さっきと同じようにさらにその上を自分の手で覆ってくる。

「あっ」

アルドのものが熱くて硬い。ユノの手に触れられてビクビク脈打ったのがわかった。それが嬉しくてユノの身体まで甘く痺れてしまって、アルドいわく可愛いものの先端からじゅくっと雫が溢れた。

「さっきより感じているな。触るだけで気持ちいいのか？」

アルドのものだってどくどく脈打っている。自分も感じているくせに、どうしてそんなに冷静なのか。

「アルドだって気持ちいいんだよね？」

「ああ、とても。お前の手は気持ちいい」

自慰をしたことがないなら、アルド自身の手も経験がないのか。手淫もユノの手が初めてということになる。ユノはぼんやりそこに考え至って目を瞠《みは》った。

「アルド、あの。しゃ、射精は、したこと、あったんだよね？」

「夢精なら。意識があるうちにしたのは儀式の日が唇を重ね合い、二人で一緒に手を動かす。

「んっ、んっ」

扱《しご》いている性器からもぬちゅぬちゅといやらしい水音が立ち始めた。それが一層快感を高めてしまう。

アルドの空いている手がユノの背後に回る。尻尾の根元をそっと持ち上げ、その下に潜り込んできた。

「あ……」

濡れているのはいつの間にか枕元に置いてある香油を纏《まと》ったからか。ユノとしたのが初めてなのにいちいち手際がよいから誤解してしまうのだ。不器用なユノと違ってアルドは器用だからそのせいなのだと今は知っているけれど。

「んっ」

指先が交わる場所に潜り込んできてユノの思考は霧散した。交わる場所の刺激に震え、アルドの肩口に頭を擦り付けた。尻尾も縋《すが》るようにアルドの手首に絡んでいったのがわかった。

アルドの指はいつもより性急に中を解《ほぐ》してくる。

「初めてだ」

衒《てら》いも迷いもなくさらりと返されて、ユノは口をパクパクさせるしかない。

あれが、性交どころか、初めての意識ある射精？

気付いたら、心臓がうるさくなった。

間違いないのか。問いかけようと顔を上げたら噛み付くような口付けを受けた。

「もういいか？　喰らってしまいたいくらいお前が可愛いんだが」

ユノの混乱を吹き飛ばすくらいのたっぷりな色気とともに言われてしまう。可愛いなんて言われるのは本当は好きじゃない。でもアルドに言われると心がとろけてしまう。

「アルド、好き」

問いかけじゃなくて素直な気持ちが勝手に口をついた。アルドの金色の瞳が見開かれ、嬉しそうな表情が浮かんだ。

「私もだ」

すぐに三本の指が抜き差しされるようになって、その頃にはもうユノは両手でアルドにしがみ付いていた。中への刺激に合わせて腰が勝手に動くと、自分の小さな雄でアルドのそそり立つ雄を擦り上げる格好になってしまう。アルドの大きなものはユノのものに押されてもびくりともしないから、ユノの敏感な先端がアルドの幹に浮き出た血管で不連続の刺激を受けることになる。

(どうしよう、こんなの、恥ずかしいのに)

気持ちよくて止められない。

「アルド、アルド……。これ、気持ちいいよう……。あっ」

アルドの指が抜けていき、背中が寝台に落とされる。すかさずアルドの逞しい身体が覆い被さってきて、両脚を抱え上げられた。

(あ、来る)

思った直後にユノの入り口を目一杯に広げながらアルドが押し入ってくる。

「ユノ」

一瞬呼吸を止めてしまった。大きなところを飲み込む衝撃をやり過ごすと、間近で覗き込んできた金色の瞳が溢れ出るくらいの欲情を湛えていた。その水面に快楽に陶然としている自分の顔が映っている。

唇がどちらからともなく近付いた。

「ん、あん、んうっ」

口付けを交わしながら腰を打ち付けられる。

「あっ、あ、あっ……、気持ちいい。アルド、アルド……。好き……」

「たまらないな」

アルドが肉食獣のように舌なめずりをしながら零す。

「儀式のときと違って、交わるごとにお前が私のものになっていく気がする」

「アルド……?」

「ユノ。お前だけだ、私に雄の快楽を与えてくれるのは。だが、私は快楽のためにお前を抱くんじゃない。お前を私のものにしたいから抱くんだ」

昔、ユノが偶然聞いてしまったアルドの台詞が頭の片隅に蘇った。

『私は快楽のために男を抱いたりしない』

その真意をユノは理解した。

ユノ以外には欲情しない。性欲を発散させるための自慰すら必要としない。

アルドにとって性交とは好きな相手を食らって自分のものだと確認する行為なのだろう。

（この人は、本当に僕だけのものなんだ）

アルドだけじゃない。ユノも抱き合うごとに、身体だけでなく、心も満たされていく。

＊＊＊

早朝。

「ユノ、そろそろ起きなさい」

アルドは腕の中で眠るユノに声をかけた。

「ん、アルド……。おはよう」

「ああ、おはよう」

目を覚ましたユノの獣の耳と只人の耳、それから唇に朝の挨拶をする。

「……動けない」

朝の挨拶を済ませた後、ユノは何度か起き上がろうとした末に、絶望的な表情で告げてきた。青い瞳が困惑に揺れている。

「痛むのか？」

「痛くはないけど、身体が全然言うことをきいてくれない。どうしよう」

不安げにするユノの獣の耳はへたりと垂れている。昨晩、あれだけ愛し合ったのだから仕方ないだろう。

「私が抱いていこう。声は出るだろう？　斎宮の祈りさえできれば問題ない」

ユノの身体を抱き起こして告げると、ユノは瞬いた。

「そういえば、喉は大丈夫だ」

「掠《かす》れないようにずっと口付けしておいたからな」

教えてやるとユノは驚いたような顔になって唇を尖《とが》らせた。

「そんな余裕あったんだ」

「余裕？」

「だって、僕はアルドに夢中で後のことなんて考えられなかったのに。アルドは翌日の朝のことを考えられてたんだよね」

拗《す》ねるユノの可愛さに、つい口付けていた。

「アルド」

ユノが誤魔化さないでともっと拗ねる。誤魔化したわけではなく可愛かったからだと告げればユノの頰が赤く染まった。深く愛情を交わす関係になったのに、未だに言葉一つで嬉しそうにするユノが愛おしくてたまらないと思う。

「私だって夢中だったに決まっているだろう。今日のことを考えれば一度で終わらせるべきだとわかっていたのに、お前があまりにも愛しくて箍《たが》が外れた」

「そう、なの？」

「そうだ」

肯定しながらもう一度口付けると、ユノも応じてくれる。

「あ、そうだ！」

口付けを解くと、ユノが声を上げた。

「どうした？」

「アルド、昨日の、本当？」

「どれだ？」

「あ、あの。……一人でしたこともなかったっていうの」

「そんなもの嘘を吐いてどうする」

本気でわからなくて問い返すと、ユノが「だって」と青い瞳を揺らす。

「それなら、アルドって、その、む……夢精を除いたら、僕としたときしか、その……出してないってことだよね？」

「それがどうした？」

昨日からユノは妙にそこに拘《こだわ》っているようだ。

「どうしたって……」

アルドはまだ理解できない。ユノが困ったような嬉しいような不思議な表情をする。

「だって、なんか、そうなら、本当にアルドが僕だけのものって気がして」

「そうか」

そこまで言われてアルドはやっとユノの気持ちを察することができた。

「お前も私に独占欲を持ってくれているということか?」

自分がユノの全てを知って、全てを独占したいと思うように。

「そんなの当たり前だよ」

断言されて、アルドは自分の尻尾が揺れたのに気付いた。貴族の子弟として、常に穏やかであるべき神官として、完璧な制御を身につけた自負があったが、ユノに対してだけは無理なようだ。

「これまでも、これからも、永遠に私はお前だけのものだ」

「っ」

アルドが心からの気持ちを告げると、ユノの顔がみるみる赤く染まって小さな身体がもたれ掛かってくる。

「お願いします」

「こちらこそ」

アルドはユノの身体を撫でてやる。しばらくそうしていたが、さすがに時間が迫ってきた。そろそろ行くかとアルドが問うと、ユノも頷く。

アルドはユノの身体を抱き上げた。ユノの身体はとても軽い。一日中でも抱き上げていられる。隣室の支度部屋では、既にレニエが待機していた。

「おはようございます。斎宮聖下、斎宮配聖下」

「レニエさん、おはよう」

ユノがアルドの腕の中で居心地悪そうにレニエに挨拶する。

「レニエ殿。ユノは体調が少し優れない。準備は私が」

レニエは顔には出さないものの呆れているようだ。無理もない。ユノを抱えて寝室から出てきたのはこれが初めてではない。敏《さと》い侍女は体調不良の理由に気付いているから、不要な心配はしない。

「わかりました。おまかせいたします」

レニエは頷いて、必要なものだけを置いて退室していった。

アルドはユノを椅子に座らせ、濡らした布で顔を拭き、耳や尻尾を舌と専用の櫛で隅々まで手入れする。ユノの獣の耳と尻尾は毛が柔らかく、手入れするほどに輝きを増してくる。

耳と尻尾の準備が終われば、夜着を脱がせて斎宮の衣装を着せる。肌に散る鬱血《うっけつ》の痕の多さにアルドは我がことながら執着の強さを思い知らされる。獅子族は多情だが、アルドはユノにしか欲情しない。複数の相手に向けられるべき情動がユノにだけ向いてしまっているせいだろう。

着せた衣装の隙間から手触りのよい尻尾をするりと取り出し、頭から透ける薄布を被せる。

誰もが美しいと見惚れる斎宮が出来上がった。

ユノの仕上がりに満足したアルドは自分も着替えを済ませる。斎宮配は斎宮のような特別な力もなければ役職の名前でもないので、公的な場では他の神官と同じ神官服だ。

「この衣装。顔を隠せるからよかった」

さすがに抱かれて私室の外を移動するのは恥ずかしいのか、アルドに抱き上げられたままユノが頭から被っている薄布で顔を隠しながら零す。

「私としてもお前を独り占めできるようで喜ばしい」

「……アルドって肝心なことは言ってくれない割に、真顔でそんなことばっかり言うからずるい」

「嫌なのか？」

問いかけると、少しの間を置いた後に腕にぎゅっとしがみ付かれる。

「もっと好きにさせられるからずるい」

「ならばよかった」

気持ちがすれ違うのは、過去だけで十分だ。第一、本心なのだから言葉を惜しむ意味もない。


神殿には大礼拝堂以外にも祈りの間を備えた大小の礼拝堂がある。

アルドがユノを抱いて到着したのは木立に囲まれた斎宮専用の小さな礼拝堂だ。神殿の奥まった場所にあり、普段は一般人の立ち入りも制限されている。

「斎宮聖下、斎宮配聖下。お待ちしておりました」

祈りの間に入ると、黒い兎の耳を持つ新米神官が迎え入れてくれた。

「イーサ」

腕の中でユノが嬉しそうな顔になる。

イーサは黒の神官服を身に着けている。事件の後、ユノの頼みもあってイネスの息がかかっていた部署からアルドが責任者となる斎宮の祭事に関わる部署に異動させたのだ。

「斎宮聖下の体調が優れないので抱いてお連れした」

「え？　大丈夫か、ユノ……。あ、ああ。はい」

アルドがイーサに告げると、イーサは友人の顔でユノを心配しかけたが、はっとした顔になって目線を泳がしながら応じた。

「ご、ごめん。イーサ」

ユノはイーサに体調不良の理由を悟られたと気付いたらしい。恥ずかしくなったのだろう。動揺してなぜか謝っている。

「い、いや。謝ることないって。元が只人の斎宮が獣人の斎宮配と仲がいいのはいいことじゃないか」

「う、うん」

「イーサ神官。そろそろ時間では？」

二人の間にあるのが友情だとは知っているが、自分以外の男と仲よくしているのは面白くない。声をかけるとイーサはぴしりと背と長い耳をぴんと伸ばした。

「失礼しました！　お二人ともこちらへどうぞ」

ノワ神の像の前に配置された説教台には背の高い腰掛けも置かれている。

「座れるか？」

「うん。これくらいなら大丈夫」

危なげなく座れたようだが、もしものときに備えてすぐ隣に控える。斎宮配だから可能な立ち位置だ。

準備が整うと、礼拝堂の入り口が開き、十数人ほどの人々が入ってきた。その中に、貴族然とした只人の父親と、猫族の母親、そして母親と同じ猫族の幼い子供の家族がいた。

「斎宮様！」

子供がユノを見付けて歓声を上げて走ってこようとする。それを母親と父親がまったく同時に止めて、複雑そうな顔を見合わせる。

ユノが、あの子は以前赴《おもむ》いた保護所にいた子じゃないかと目線で聞いてきたので頷いて返すと、ユノの表情が凛《りん》と引き締まった。

「皆様、着席を」

イーサが手際よく人々を案内し、小さな祈りの間は満席になる。

心地よい静寂の中、天井の色硝子を通して降ってくる朝の光が斎宮の神秘的な姿を浮かび上がらせる。

ユノが口を開く。斎宮の祈りだ。

斎宮の祈りが歌のような旋律を持っているのは人々の耳を惹きつけるためだ。

神学校の授業や斎宮候補の修行で身に付けた発声法も生きているが、ユノの男性にしては高い声はそのままでも十分耳に心地がいい。さらに完全な四つ耳となってからは不思議な響きを持つようになった。それが斎宮だけに許された四つ耳の容姿と合わさると、人々を惹きつけて離さない。現にこの場にいる人々の目も耳もユノに釘付けになっている。

ユノが斎宮になってアルドが唯一後悔したのは、

こうしてユノの魅力を他人に知らしめなければならないことだ。

ノワ神の下では誰しもが平等だということを繰り返し、祈りはゆっくりと終わっていく。

「皆様にノワ神の祝福がありますように」

最後にユノが告げると、祈りを聞いていた人々の様子が明らかに祈りの間に入ってきたときとは変わっていた。泣いていたり、獣人と只人で顔を見合わせていたり。ユノに声をかけた子供の両親は遠慮がちに手を繋いでいて、それを子供が不思議そうに見ている。

「これにて斎宮聖下のお祈りは終わりです。皆様にノワ神の祝福がありますように」

イーサが退席を促すと、人々は名残惜しそうにしながら祈りの間を出ていく。

「アルド、あの子のところ、行ってもいい？」

「ああ、動けるか？」

「うん」

祈っている間に回復したのか、ユノはなんとか歩けそうだ。ユノを支えながら、一緒に子供のところに向かう。

「今日はお越し下さりありがとうございます」

「斎宮聖下！」

「もったいないお言葉です。こちらこそお呼びいただいて感無量です」

子供の両親が揃って恐縮する。

只人に悪感情を持つ獣人、獣人に悪感情を持つ只人を招待し、斎宮の祈りを聞いてもらうのも神殿と斎宮の仕事だ。自分達の都合で斎宮就任が少し遅れたことに責任を感じているユノは歴代の斎宮よりも精力的に開催している。もちろんアルドも付き合う。

ユノは育ちのためもあるだろうが、歴代の斎宮と違って気さくに人々に話しかけるので、親しみやすいと評判も高い。一見、獣人の中でも数の多い猫族にも見える耳と尻尾や小柄な身体のせいもあるかもしれない。

「斎宮様！　お歌を聞いてたら、お父さんとお母さん、手を繋いでたの！」

「そうだね。お父さんとお母さん、きっとまた仲よくなってくれるよ」

「本当に？」

「うん」

ユノが答えると、子供は満面の笑みになった。両親も頷き合っている。

「すまなかったな。辛い思いをさせて」

父親が子供を抱き上げる。子供の猫の耳と尻尾がへたって、緊張しているのがわかる。

「お母さんのことが大好きだから結婚したはずだったのに。周りに色々言われて、いつの間にか一番大事なことをすっかり忘れていた。さっきお祈りを聞いていて大切な気持ちを思い出したよ。お前が生まれたときも泣くくらい嬉しかったんだ。本当だよ」

「お父さん……」

子供はぽろぽろ泣いて父親にぎゅっとしがみ付いた。

この親子はきっともう大丈夫だろう。

「よかった」

ユノは斎宮らしい優しい表情で返したが、もらい泣きを我慢しているのが見て取れる。

斎宮の祈りには本当に只人と獣人の心を結び付ける力があるのだと、アルドはユノが斎宮になってから何度も目の当《まあ》たりにしている。とはいえ、斎宮の力は決定的なものではなく、異種族への蟠《わだかま》りを浄化できるかどうかは結局その人本来の性質によるところが大きい。

ユノが斎宮に就任して以来、互いの種族にあからさまな悪感情を向ける者は減っている。融和の象徴たる斎宮の存在やその不思議な力のおかげもあるが、斎宮の誕生で融和の機運が高まり、積極的に対話をという時流になっているのだ。

愚かにもその大きな流れに抗おうとする者、例えばイネスは、神殿内で急速に力を失い、いくつかの失敗を理由に地方への赴任が決められた。神官に左遷《させん》という概念はないが、閑職に追いやられたも同然で、二度と本神殿には戻れないだろう。

自身の感情に囚われ過ぎて大局を見失った末路だとアルドは思う。獣人を蔑《さげす》んで共に働くことを厭《いと》い、だからといって自ら築いてきた神官の地位も捨てられなかったのだから自業自得だ。

「お祈りも心に染み入ったのですが、お二人がとても仲睦まじくていらっしゃるから、私もこの人と出会った頃のことを思い出しました」

父親に顔を擦り付けながら泣いている子供の背中を撫でながら、母親が微笑む。祈るユノのすぐ傍でアルドが見守っていたことを指しているのだろう。

「ユノ」

アルドが名前を呼ぶと、ユノが無防備に振り向いた。アルドはすかさずその唇を奪う。

「まあ」

母親が目を輝かせながら口元を押さえる。

「人々を代表して斎宮の祝福を頂戴しました」

また人前でと言われる前に先手を打てば、ユノはなんとも言えない表情で目線で咎《とが》めてきながらも反論しない。

「なんだか幸せな気持ちになりました。本当に祝福をいただいたよう」

「お母さん？」

やっと泣き止んだらしい子供が父親の中で振り向く。

「今日は三人でご飯を食べて、一緒に寝ましょうか？」

「いいの？」

「もちろん」

「お母さん大好き！」

「お父さんは？」

「お父さんも大好き！　お父さんもお母さんも大好き！」

子供がはしゃぎだす。それを両親が幸せそうに眺めている。

「それでは今日は本当にありがとうございました」

「ええ。感謝に堪《た》えません」

両親が別れの挨拶をして子供にも促す。

「斎宮様、ありがとうございます。さようなら！」

「さようなら」

ユノは手を振って三人を見送った。

いつの間にか他の参拝者も手伝いの神官も去っていて、小さな祈りの間に二人だけになっていた。

「ねえ、アルド」

ユノが高揚した表情で見上げてくる。

「どうした？」

アルドはユノの腰を支えて向かい合う格好になる。

「斎宮の祈りの言葉も新語に換えられるかな」

「斎宮の祈りを新語に？」

神殿で使われている言葉はとても古く、全てを理解できるのは神官や特別な素養のある者だけだ。アルド自身も、以前より神殿の求心力が落ちていると感じ、神官の祈りを新語に換えることによって成功を収めた。

「さっき、あの子だけ祈りの最中にずっと不思議そうにしてたから。それって多分、祈りの言葉が難しくて、何を言っているのかわからないからだと思うんだ。子供達にも祈りの意味を理解してもらえないかなって。僕も小さいとき、神官様の言葉、ちんぷんかんぷんだったし」

「それは思い付きもしなかったな」

斎宮の祈りはさながら歌のようだ。響きこそが大事だと思うあまり、アルドも新語への書き換えには思い至らなかった。だが確かに、新語になれば子供達も理解しやすくなるだろう。融和もよい方向に進むはずだ。

「やってみたらいい。手助けならいくらでもする」

アルドの答えに、ユノは破顔する。

「お前は斎宮に向いているな」

アルドの都合でユノを斎宮にしてしまったが、そう思わずにはいられない。

「え？」

「声質も、優しいところも。そんな風に慣習に囚われずに新しいことを思い付くところも。ユノはきっと歴史に残る斎宮になる」

「そんなことないよ」

ユノは慌てて謙遜する。ユノの控えめなところは斎宮になっても変わらない。そういうところも愛しいなとアルドは改めて思う。

「あるさ。だが、その前に私のユノでいてくれ」

アルドの願いに、ユノは何度か瞬いて、はにかみながら頷いた。

「アルドが僕のものでいてくれるなら」

「もちろん誓う。では、斎宮聖下。この獣の誓いに祝福を授けていただけますか？」

顔を上向かせて唇を指先でなぞると、意図を悟ったユノが青い瞳を瞬いてそっと目を閉じる。耳や尻尾がぴくぴく動いていて、嬉しそうだ。


小さな祈りの間。ノワ神の見守る場所で、アルドは何ものにも代え難い、自分の斎宮に祝福を受けた。

おわり

あとがき

本作をお手にとっていただいてありがとうございます。

デビュー作以来のケモミミものなのですが、まさかの（？）生えてくるお話で、大丈夫だろうかと気が気でありません。読み終えられてどうでしょうか。頭とお尻がむずむずしてたり……なんてされていないかな？　……ないか。それはさておき、楽しんでいただけていると嬉しいです。


本作は、年の差両片想いもの、という括りになるかと思うのですが、攻めのアルドのキャラクターがしばらく摑めず、四苦八苦しました。でも理解しだしたら書きやすくなって、同時収録の番外編はとても楽しく書けました。アルドの年齢は最初は二十代だったのですが、この拗《こじ》らせぶりは二十代じゃないな、ということでめでたく三十歳となりました。拗らせて色々ありましたが、攻めとしてのポテンシャルは非常に高いので、溺愛スパダリに進化していくのでしょう。

そもそも最初の擦れ違いがなければ、ユノが小さい頃に婚約して、アルドがユノをこれ以上ないくらいいちゃいちゃしつつとても大事にしていて、最初から最後まで完全無欠の溺愛攻めになっていたんじゃないかなと思います。その場合、アルドはユノが大人になるまで手を出さなかったんだろうな。我慢はできる男なので。むしろユノの方が「手を出してくれない……」という悩みを抱えて暴走し、アルドがひたすら我慢するお話だったかもしれません。

今回、担当様にはとてもお世話になりました。最後の最後までお力添えいただいて本当にありがとうございます。言葉に尽くせないくらい感謝しています。

イラストはサマミヤアカザ先生に描いていただけました。時間を忘れて見入ってしまったくらい、美麗なイラストをありがとうございます。アルドが神々しいばかりの美丈夫で、ユノは色気がそこはかとなく漂う美人に仕上げていただいて感無量です。カラーのケモミミの質感も大好きです。表紙イラストのきらきらしいこと…！　きらきらのアルドを眺めながら、この外見で中身があれなのかとニヤニヤが止まりません。

表紙イラストが輝いていたので、ちょっと暗さのあるタイトルをどうするんだろうなと思っていたのですが、出来上がりを見たら厳かな雰囲気に仕上がっていて、デザイナーさんってすごいと思いました。素敵な装丁にしていただけて感激です。

最後になってしまいましたが、本作をお買い上げ下さった皆様、ありがとうございます。読んで下さる方がいるからここまで続けてこられたのだと思います。それでは、またいつかお目にかかれましたら。

２０２０年8月　水樹ミア

◆初出一覧◆
獣によりて獣と化す　／書き下ろし
獣は祝福を受ける　／書き下ろし

世界の乙女を幸せにする小説雑誌♥
小説
ビーボーイ
b-boy
読み切り満載!!
4月, 10月
14日発売
A5サイズ
多彩な作家陣の豪華新作、
美麗なイラストがめじろおし♥
人気ノベルズの番外編や
シリーズ最新作が読める!!
イラスト／蓮川 愛
ビーボーイ編集部公式サイト
https://www.b-boy.jp
雑誌情報、ノベルズ新刊、イベント
はここでお知らせ!
小説ビーボーイ最新号の試し読みもできるよ♥
イラスト／笠井あゆみ

BL読むなら
ビーボーイ
コミックス!
電子書籍!
ノベルズ!
ドラマCD!
b-boy.jp
ビーボーイ
発売日
メニュー
新刊
フェア・特典
ドラマCD
検索ワードを入力
Special Contents
ビーボーイWEB
https://www.b-boy.jp/

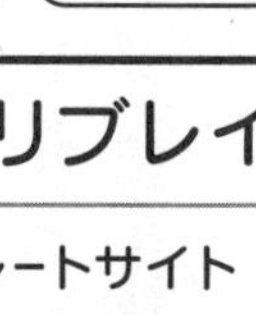

サメーズ

ビーボーイノベルズをお買い上げいただきありがとうございます。
この本を読んでのご意見・ご感想をお待ちしております。

〒162-0825 東京都新宿区神楽坂6-46
ローベル神楽坂ビル4F
株式会社リブレ内 編集部

アンケート受付中
リブレ公式サイト　https://libre-inc.co.jp
TOPページの「アンケート」からお入りください。

獣によりて獣と化す

2020年8月20日　第1刷発行

著　者――――水樹ミア

発行者――――太田歳子
発行所――――株式会社リブレ
〒162-0825　東京都新宿区神楽坂6-46ローベル神楽坂ビル
営業　電話03(3235)7405　FAX 03(3235)0342
編集　電話03(3235)0317
印刷所――――株式会社光邦

定価はカバーに明記してあります。
乱丁・落丁本はおとりかえいたします。

この書籍の用紙は全て日本製紙株式会社の製品を使用しております。

Printed in Japan
ISBN 978-4-7997-4893-0